KB092158

GREAT
그레이트 코리아
KOREA

1판 1쇄 찍음 2015년 10월 1일
1판 1쇄 펴냄 2015년 10월 7일

지은이 | 정사부
펴낸이 | 정 필
펴낸곳 | 도서출판 뿔미디어

기획 · 편집 | 문정흠

출판등록 | 2002년 9월 11일 (제1081-1-132호)
주소 | 경기도 부천시 원미구 소향로 17번길(두성프라자) 303호 (우)14544
전화 | 032)651-6513 / 팩스 032)651-6094
E-mail | bbulmedia@hanmail.net
홈페이지 | http://bbulmedia.com

값 8,000원

ISBN 979-11-315-6854-5 04810
ISBN 979-11-315-6125-6 04810 (세트)

※파본은 구입하신 서점에서 교환하여 드립니다.

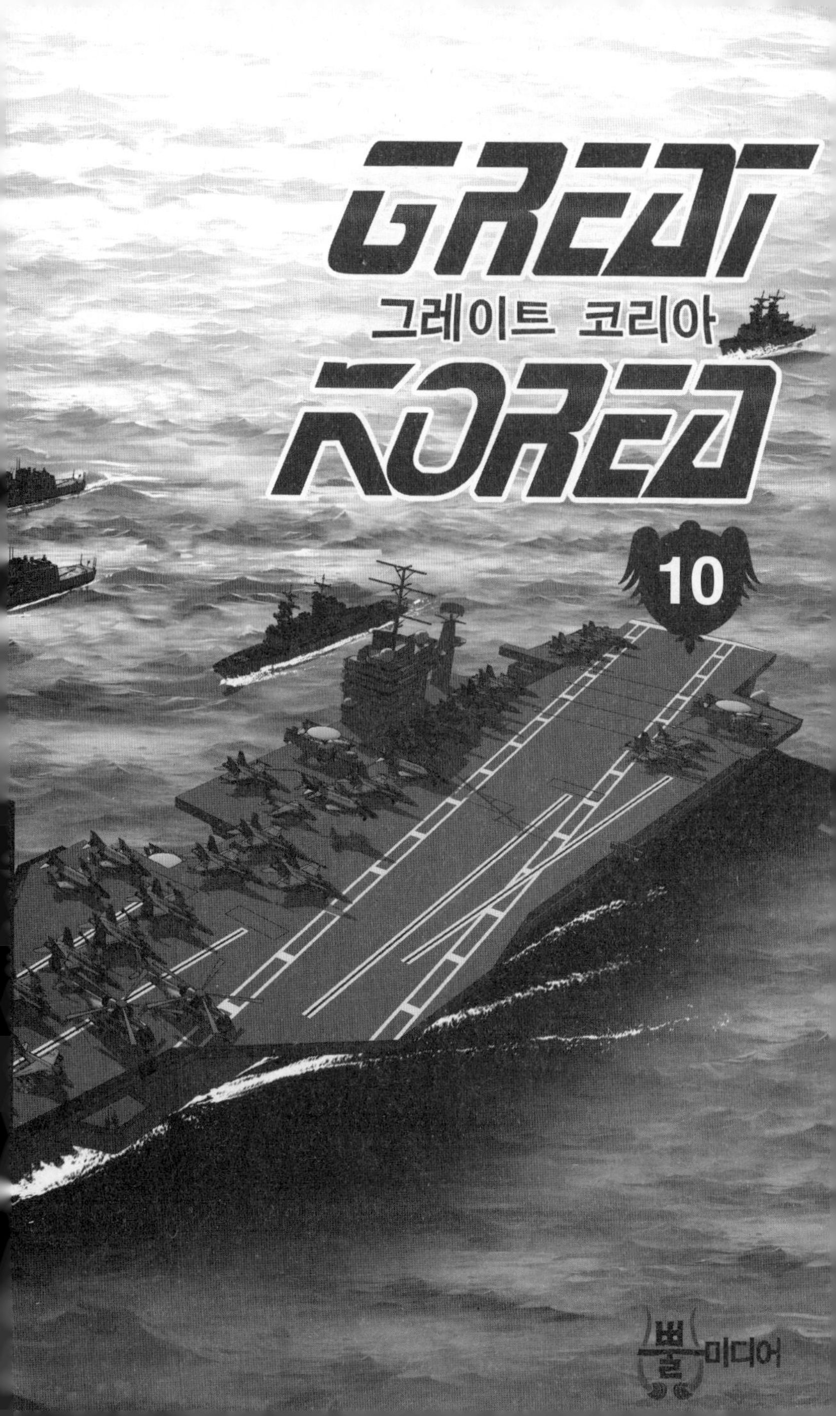
GREAT
그레이트 코리아
KOREA
10
뿔미디어

contents

1.
중국과의 협상

남산 백제 호텔 그랜드 룸.

정명수는 협상 테이블에 앉아 중국 측 협상 대표가 들어오길 기다리고 있었다.

오늘로서 벌써 3일째 계속되는 협상에 중국 대표나 자신들이나 무척이나 지쳐 있었다.

하지만 협상을 하는 데 있어 절대로 대충 끝낸 생각은 없었다.

귀중한 국가의 동량들이 억울하게 희생되었는데 몸이 피곤하다고 하여 쉽게 저들의 주장대로 따른다는 것은 말도 안 되는 일이었다.

아니, 오히려 악착같이 중국 대표부를 압박해 보다 많은 보상을 뜯어낼 생각이었다.

그런 다짐을 하며 정명수는 시선을 돌려 실내에 걸려 있는 태극기에 시선을 주었다.

이 백제 호텔 협상장에는 한국과 중국, 양국의 국기가 나란히 걸려 있었다.

얼마 전까지만 해도 주 캄보디아 대사였던 정명수는 한국으로 귀국을 하였다.

원래대로라면 순환 근무의 일환으로 다른 국가의 대사로 발령이 되어야 하는데, 어찌 된 일인지 국내로 불러들여 중국과의 휴전 협상을 진행하는 대표가 되었다.

한 달 전, 국경을 맞대고 있던 압록강 다리 위해서 벌어진 교전 이후로 한국과 중국은 이후 이렇다 할 교류가 없었다.

그저 서로를 경계하며 추후 상황을 지켜보기만 할 뿐이었다.

한국은 북한 지역을 통합하면서 금강산으로 쫓겨 들어간 구 북한군들을 모두 소탕하지 못한 상황. 그로 인해 아직 치안이 불안정하여 협상을 할 만한 형편이 아니었다.

하지만 중국 또한 사정은 마찬가지였다. 독단으로 군을

움직인 심양 군구 사령관과 그를 움직이게 만든 리창준의 처리 문제로 골머리를 썩는 중인 것이다.

특히 권력자였던 리창준의 죽음과 관련해 많은 이들이 자살이니 타살이니 하는 음모론이 나오면서 국가 주석인 주진평을 곤혹스럽게 만들어 이를 처리하느라 협상을 할 수가 없었다.

더군다나 음모론도 문제지만 주진평이 가장 신경을 쓴 것은 바로 심양 군구의 처리 문제였다.

비록 2개 집단군이 반 토막이 났다고는 하지만, 그래도 중국 3대군구는 3대군구였다.

비록 기갑 전력이 예전과 다르게 많이 부족해졌지만, 북경이나 제남 군구를 제외하면 다른 군구에 그리 밀리지 않았다.

아니, 난주나 성도 군구에 비해선 더 우위에 있었다. 그러니 최대한 소란 없이 심양 군구 사령관인 심보령을 축출해야만 하였다.

다행히 명분이 있었기에 전투 패전의 책임을 물어 직위 해제할 수 있었다.

더군다나 중앙의 명령 없이 군대를 이동시켜 타국과 교전을 한 책임은 막중했다.

결국 그는 재판에서 사형을 언도 받았다.

물론 사형을 언도 받은 심양 군구 지휘관은 심보령뿐만이 아니었다.

리창준과 그 일파, 그리고 태자당에 연줄을 맺고 있던 많은 군 지휘관들이 이번 재판에서 작게는 직위 해제 내지는 사형을 언도 받았다.

이는 이후 중국의 국정 운영에 관한 중대한 사안이었지만, 주석인 주진평은 심양 군구가 한반도 침공에 실패를 하면서 국가 운영 방향을 크게 바꾸기로 마음먹었다.

골치 아픈 지역은 과감하게 쳐내기로 한 것이다.

알려진 것보다 더 우수한 한국의 전력 때문에라도 동북 3성에 주둔한 심양 군구의 전력을 이전보다 더 끌어 올려야 하는데, 그렇게 하기에는 현재 중국의 경제 사정이 그리 좋지 못했다.

특히나 심양 군구의 원래 목적은 한반도를 경계하는 것이라기보단 러시아 극동군을 견제하는 것이 주 임무였다.

하지만 현재 군사 강국으로 떠오른 한국도 견제해야 한다는 현실을 깨닫게 되면서 중국 지도부는 딜레마에 빠지고 말았다.

예전에는 우방이라 할 수 있는 북한의 존재 덕분에 신경을 쓰지 않고 러시아 쪽 국경에 전력을 올인할 수 있었다.

그런데 이제는 그럴 수 없었다. 그렇다고 심양 군구의 전력을 더욱 키우기에는 경제 사정도 경제 사정이지만 또 다른 문제가 있었다.

아니, 사실 그 문제가 더욱 심각했는데, 그것은 바로 중국의 군사 체계에 따른 문제였다.

중국은 군대가 통일이 된 것이 아니라 군벌별로 운용이 되고 있었다.

전국을 일곱 개의 구역으로 나눠 각 군벌이 그 지역을 담당하고 있었다.

이것을 군구(軍區)라 하고, 군구 안에 일반인들이 알고 있는 육, 해, 공군이 있는 것이었다.

한마디로 군구란 것이 일반 국가의 군대라 보면 틀리지 않았다.

아무튼 그런 체계를 가지고 있는데, 만약 이전보다 전력이 더욱 상승한다면 심양 군구를 장악하는 사람이 중국의 권력을 장악하는 것이나 마찬가지가 되는 셈이었다.

그러니 중국의 권력자 중 어느 누구도 그런 상황을 원하지 않았다.

그것은 국가 주석 주진평 또한 마찬가지였다. 전력이 상승한 심양 군구를 자신의 영향력 아래 둔다면 큰 힘이 되겠지만, 만약 다른 사람의 손에 들어가게 된다면 그때는 최고 권력자의 권좌에서 내려와야만 하는 사태가 벌어질지도 몰랐다.

그런 판단으로 인해 중국 권력자들은 어느 누구도 심양 군구가 커지는 것을 원하지 않았다.

그래서 그들은 주진평이 주장하는 작은 중국 정책에 찬성을 하였다.

주진평이 주장하는 작은 중국이란 기존의 중국에서 동북 3성과 내몽고 자치구, 신강 위구르 자치구, 그리고 서장 자치구를 분리시킨다는 정책이었다.

말썽이 일어나는 자치구를 중국으로부터 배제하여 원래 중국 대륙만 운영하는 정책으로, 이런 정책을 구상하게 된 주원인은 바로 분리 독립을 주장하며 테러를 자행하는 이들 때문이었다.

중국 정부는 그동안 분리 독립을 주장하는 이들을 강경하게 탄압하였지만, 날로 흉포해지는 테러에 두 손을 들었기 때문이다.

물론 더욱 강경하게 진압을 할 수도 있지만, 그렇게 했다가는 국제사회에서 왕따를 당할 수 있기에 어쩔 수 없었다.

아무리 깡패같이 막 나가는 중국이라지만, 지구상에는 그런 중국보다 더 깡패 같고 막무가내인 국가가 한 곳 있기 때문이었다.

세계 최강 미국. 미국은 자국의 이익이 되는 일이라면 일단 전쟁부터 벌이고 보는 나라였다.

그러다 보니 중국이 아무리 세계 2위의 군사력을 가진 나라라고 하지만, 미국과는 그 차이가 하늘과 땅 만큼이나 컸다.

아무튼 그런 이유로 주진평은 중국을 운영하는 측면에서 두 가지 정책을 가지고 있었는데, 또 하나는 그와 반대로 큰 중국 정책이었다.

작은 중국 정책과 반대로 자치구는 물론이고, 그 범위 안에 북한을 포함한 한반도가 들어가 있는 정책이었다.

리창준은 주진평의 정책 중에서 큰 중국 쪽을 지지하는 사람이었다.

그렇기에 자신의 최후가 멀지 않았다는 생각에 한반도를 자신이 정복한다면 살아날 수 있다고 판단하여 심양 군구를 움직인 것이다.

하지만 결과적으로 그 시도는 실패로 돌아갔다.

그 후, 한국이 북한이 개발한 핵무기를 모두 확보했다는 사실을 파악하고 주진평과 중국 지도부는 문제를 일으킨 리창준과 심양 군구 사령관인 심보령을 발 빠르게 숙청하였다.

큰 중국 정책을 사실상 폐기하게 된 것이다.

그런데 여기서 웃긴 사실은 원래 주진평의 작은 중국 정책에 동북 3성은 들어가 있지도 않았다.

하지만 압록강 교전의 패배로 이 지역이 새로운 화약고로 점쳐지면서 주진평은 과감하게 이곳을 포기하였다.

동북 3성을 가져가기에는 전략적 가치가 별로 없기 때문이었다.

오히려 현재 경제 사정이 어려운 러시아와 새로운 강자로 떠오른 한국을 견제하기 위해 쏟아부어야 할 예산은 감히 상상이 가지 않을 정도였다.

그렇다고 그 지역에 자원이 풍부해 들어가는 예산을 감당할 수 있다면 다행이지만, 현실은 그렇지 못했다.

물이 부족해 농사도 짓기 어렵고, 또 자원도 없어 별 쓸모가 없는 땅이기에 미련 없이 포기를 한 것이다.

일부 지도자 중에는 앞으로 벌어질 한국과의 협상에서 그 쓸모없는 지역을 한국에 넘기는 방안을 생각하기도 하였다.

한국은 이상할 만큼 그 쓸모없는 땅에 집착을 하고 있었다.

물론 한국인이 무엇 때문에 그 땅에 관심을 보이는지 너무도 잘 알고 있었다.

선조가 그곳에 국가를 이루고 살았다는 것.

그러한 역사적 사실 때문에 한국인들은 동북 3성에 집착을 하고 있었다.

물론 중국도 예전에는 그 땅에 집착을 보였던 것은 사실이다.

부끄러운 사실을 숨기고 말도 되지 않는 역사를 왜곡하기 위해선 그 지역을 가지고 있어야 했다.

그래야 한국인들이 주장하는 것을 막을 수 있기 때문이다.

고대 강국이었던 고구려를 한반도가 아닌 중국의 지방 제후국이라 주장할 수 있기 때문이다.

그동안 한국의 역사학자들이 조사를 하려던 것을 온갖 이유로 막아왔는데, 더 이상 막을 수가 없었다.

예전 한국이 힘을 없을 때에는 윽박질러 무마할 수 있었지만, 지금은 그러지 못했다.

한국에 핵이 없다면 어쩌면 동북 3성을 포기하지 않아도 됐을지 모르지만, 한국은 이미 핵을 보유한 국가였다.

결국 중국은 과감하게 이 지역을 포기하였다.

그러면서 외부로 퍼져 있던 전력을 작아진 중국에 집중하여 전력을 상승시키고, 또 국가 역량을 집중해 보다 강대한 국가로 도약하겠다는 결심으로 작은 중국 정책을 펴기로 한 것이다.

그런 복잡한 사안들을 처리하다 보니 중국도 이제야 1달 전 벌어졌던 교전에 대한 협상의 장을 열게 된 것이었다.

"뭐가 과하다는 말씀입니까? 교전의 책임은 중국에 있지 않습니까? 그러니 당연히 그 책임에 대한 대가도 중국의 몫이지요."

정명수는 아무런 표정 변화 없이 차분하게 중국 측 대표를 보며 또박또박 말을 하였다.

정명수의 주장에 중국 측 협상 대표인 주진방은 이마에 흐르는 땀을 닦으며 대답을 하였다.

중국 국무원 부총리인 위청산이 리창준과 함께 비리 혐의로 숙청이 되고 새롭게 국무원 부총리의 자리에 오른 주진방은 한국 협상 대표로 나온 정명수로 인해 무척이나 골치가 아팠다.

최대한 손해를 줄이기 위해 어떻게든 전쟁배상금을 낮게 책정을 하고 나왔는데, 그게 들어먹지 않고 있었다.

그리고 한국 대표가 가지고 나온 안건은 그뿐만이 아니었다.

배상금은 배상금이고, 그동안 중국에서 범죄를 저지르고 중국 정부의 일방적인 결정으로 처리된 한국인에 대한 보상도 함께 들고 나온 때문이다.

이는 내정 간섭이라 비쳐질 수도 있겠지만, 그 내막을 살펴보면 전혀 그렇지 않았다.

예전 중국은 자국 내에서 벌인 외국인 범죄자들을 일단 처벌한 뒤, 해당 나라에 사후 통보만 하였다.

재판 과정이 어떻게 진행되었는지, 자국인이 정당한 변호를 받았는지 등의 것을 일체 알 수 없는 상태에서 그저 이런 처벌을 했다는, 말 그대로 통보만 있었다.

그러면서도 자국민이 외국에서 범죄를 저질러 재판을 받게 되면 온갖 참견을 하며 자국인에 대한 보호조치를 강구하였다.

그 때문에 비인륜적인 죄를 짓고도 외국인 교도소에 갇혀 있는 중국인 범죄자들이 상당수 한국에 있었다.

아무튼 원래대로라면 그런 말이 나올 수 있는 자리가 아니지만, 현재 주도권은 한국이 쥐고 있기에 주진방도 진땀을 빼고 있는 것이었다.

자신이 확실하게 대답할 수 있는 안건을 내놓지 않고 곤란한 사안만 계속해서 내놓는 눈앞의 한국 대표였다.

정말이지 그를 죽일 수만 있다면 천참만륙(千斬萬戮)했을 테지만, 그건 주진방의 마음만으로 끝났다.

원활한 협상을 위해선 어떻게든 한국 대표의 마음을 달래야만 하는 입장이 현재 주진방의 위치였다.

만약 협상이 결렬되면 일이 어떻게 번질지 몰랐다.

한국이 교전 책임을 물어 압록강을 넘어온다면 막을 수 있는 전력이 없었다.

그만큼 한국의 육상 전력이 막강하기 때문이었다. 한국의 기갑전력을 막을 수 있는 것은 막말로 핵밖에 없었다.

그런데 한국도 핵을 보유하고 있다. 즉, 중국이 핵을 사용한다면 한국도 핵을 사용할 것이다.

그렇게 되면 한국이나 중국이나 모두 끝장이었다. 아무리 중국이 넓은 나라라지만 한국이 보유했을 것이라 판단되는 핵무기가 모두 중국 땅에 떨어진다면 중국은 생명체가 살아갈 수 없는 곳이 되고 말 것이기 때문이다.

그러니 현재로서는 한국의 육상 전력을 막을 수 있는 전력을 보유할 때까지 시간을 벌어야 했다.

그리고 그런 전력을 보유하기 위해선 상당한 시간이 필요하다는 것을 주진방이나 중국 지도부 모두 알고 있다.

하지만 그렇다고 한국의 주장을 모두 수용할 수도 없었다.

최대한 한국이 요구하는 것을 줄여야만 하였다.

그러다 보니 이렇게 협상이 지지부진하게 진행이 되고 있는 것이다.

한편, 정명수는 어제 밤 대통령과 했던 이야기를 떠올렸다.

"그들에게서 최대한 많은 것을 받아오시기 바랍니다. 돈이 되었든 다른 무엇이 되었든 말입니다."

다른 무엇이라고 말할 때, 정명수는 대통령이 무엇을 원하는지 자신도 모르게 깨달을 수 있었다.

'대통령은 이 기회에 중국이 앉아 있는 만주를 되찾고 싶어 하는구나!'

정명수가 그런 생각을 하고 있을 때, 주진방은 주진방대로 고심 중이었다.

협상장에는 잠시 침묵이 내려앉았다.

대통령이 고토(故土)에 대한 욕심이 있다는 것을 알고 난 뒤, 정명수는 중국 측 대표와 협상을 벌이기 전에 많은 고심을 하였다.

그런데 그때, 아들에게 뜻하지 않은 정보를 들었다.

중국이 내부 문제로 인해 이번 협상을 빠르게 진행하기를 원하고, 또 중국 정부 내에서 향후 국가 운영을 무척이나 타이트하게 수립하였다는 것이다.

그 의미는 그저 국가 예산을 줄인다는 소리가 아니라 전반적으로 수입에 비해 지출이 많은 부분을 과감하게 포기한다는 이야기였다.

그러면서 중국이 그동안 행하던 팽창 정책을 포기하고 내실을 다지는 작업에 들어갔다는 이야기를 했다.

이런 정보는 아직 국정원도 취득하지 못했는데 어떻게 알고 있는지, 아들의 능력이 놀라울 뿐이었다.

그러면서 아들이 속해 있다는 지킴이란 단체에 대해서도 새삼 다시 한 번 생각하게 만들었다.

현대 사회에서 정보의 중요성은 말을 하지 않아도 알 수 있는 일이었다.

외교관인 정명수로서는 누구보다 더 체감하는 사항이다.

정보 하나를 알고 있음으로써 가래로 막을 것을 호미로 막을 수 있으며, 반대로 하나 얻을 수 있는 것을 둘이나 셋 얻을 수도 있는 것이 바로 정보의 힘이었다.

즉, '아는 것이 힘이다' 라는 말이 딱 들어맞는 예라 할 수 있었다.

수한도 중국에서 활동 중인 지킴이 회원으로부터 그러한 정보를 듣기는 하였지만, 자세한 내용을 알고 그런 조언을 한 것은 아니었다.

그저 그러한 정보가 있으니 협상에서 중국에 많은 것을 얻어내라고 말을 한 것뿐이다.

외교관인 정명수가 그러한 아들의 의도를 깨닫지 못한 것도 아니기에 그런 정보를 적당히 활용해 중국으로부터 많은 것을 양보 받을 생각이었다.

그리고 그 안에 다른 사람은 생각지 못한 것도 포함되어 있었는데, 만약 그 의도가 성공한다면 대한민국은 또 한 번 도약할 수 있는 힘을 갖게 될 것이다.

사실 조금 전에 요구한 범죄자에 관한 내용은 '그것' 만 확답 받을 수 있다면 사실 있으나 마나 한 조항이었다.

그런데도 정명수가 일부러 그런 조항을 넣어 협상을 까다

롭게 진행하는 것은 뒤에 나올 안건을 보다 쉽게 해결하기
위해서였다.

"그 문제는 이번 협상과 연관이 없는 것 같으니, 나중에
따로 다시 거론하는 것이 어떻겠습니까?"

중국 협상 대표인 주진방은 계속해서 흐르는 땀을 손수건
으로 닦으며 제안을 하였다.

정명수는 자신과 협상을 하며 중국 협상 대표가 무척이나
초조해한다는 것을 깨달았다.

한국은 지금 겨울로 들어가기 직전의 완연한 가을 날씨였
다.

아무리 협상장의 실내 온도가 높다 해도 저렇게 땀을 흘
릴 정도가 아니란 소리였다.

아니, 가장 더운 한여름이라 해도 이곳 백제 호텔과 같은
일류 호텔의 실내가 땀을 흘릴 정도로 더울 일이 없었다.

즉, 지금 중국 협상 대표는 무언가에 쫓기는 듯 당황하고
있다는 의미였다.

그런 생각에 정명수는 조금 더 그를 압박하기로 하였다.

"어제도 그렇고, 중국은 협상을 할 의지가 있는 것입니
까?"

"허!"

정명수의 단호한 어조에 이야기를 듣고 있던 주진방은 짧은 신음성을 흘렸다.

통역이 들려주는 그 말에 기가 막혔다. 비록 중국이 한국과의 교전에서 큰 손해를 보기는 했지만, 언제 한국에 이런 대우를 받아보았던가. 아니, 한국이 감히 중국을 상대로 이렇게 큰소리를 칠 경우가 있었냐는 말이다.

그런데 지금 주진방은 그런 황당한 경험을 하고 있었다.

"지금 한국 대표의 말씀이 상당히 위험한 발언이란 것을 알고서 하는 말입니까?"

주진방은 자신의 기분을 그대로 표현하며 경고를 하였다.

물론 한국 측 통역이 주진방의 말을 순화해 통역하였으나 외교관으로서 다수의 외국어를 구사하는 정명수는 중국어에도 상당한 실력이 있었다.

집안 자체가 대한민국에서 상위에 속하는 기업가 집안이다 보니 어려서부터 외국어를 상당 부분 습득한 것이다.

그런 교육은 공무원이 되면서 상당한 도움을 주었다.

사실 이 자리에 통역이 없더라도 정명수에게 불편할 일은 없었다.

다만, 협상에서 유리한 위치를 차지하기 위해 일부러 통역을 동석하게 만든 것이다.

그렇게 함으로써 자신이 상대의 언어를 모른다고 방심한 이들이 빈틈을 보일 수 있기 때문이다.

그래서 일부러 자신은 중국어를 모르는 것처럼 통역을 통해 중국 대표가 하는 이야기를 듣고 있었다.

그러니 주진방이 방금 전 내뱉은 이야기가 통역이 들려준 말보다 더 강경한 의미가 담겨 있다는 것을 잘 알고 있었다.

하지만 그렇다고 약세를 보일 수는 없었다. 이미 상대의 패를 다 알고 있는데 굳이 상대에게 약한 모습을 보인다는 것은 말도 안 되는 일이었다.

아니, 이럴 때일수록 더욱 강경하게 자신도 만만하지 않다는 것을 상대에게 인식시켜야만 했다.

그래야 협상에서 더욱 유리한 고지에 올라 상대에게 많은 것을 양보 받을 수 있는 것이다.

탕!

"그건 제가 묻고 싶은 말이군요. 지금 중국 대표께서는 우리 대한민국과 협상을 하려고 자리하고 있습니까? 말씀해 보십시오. 평화를 수호하는 우리 대한민국에 아무런 통보 없이 국경을 넘어 기습한 것은 누굽니까? 그 때문에 국경을 경비하던 어린 초병은 시신을 찾을 수도 없을 정도로 난자되어 유품만이 국립묘지에 안장되어 있습니다. 말씀해 보십시오. 이것이 중국이 말하는 평화입니까? 만약 대표가 그런 주장을 한다면 전 제 재량으로 이번 협상을 결렬시킬 것입니다. 그리고 이번 협상 결렬의 책임은 중국 측에 있다고 대통령께 보고를 할 것입니다. 아마 그렇게 된다면……뒷일은 대표의 상상에 맡기겠습니다."

정명수는 주진방의 말에 탁자를 내려치며 짐짓 화가 났다는 듯 열변을 토했다.

사실 협상 중에 이렇게 흥분하는 모습을 상대에게 보이는 것은 초보나 저지르는 실수이다.

흥분했다는 것은 상대보다 논리적으로 약하다는 것을 증명하는 것이나 마찬가지이기 때문이다.

하지만 언제나 그 말이 맞는 것은 또 아니었다. 정석이 있는 반면, 편법도 있는 것처럼 지금은 한국이 화를 내야하는 타이밍이었다.

모든 명분에서 우위에 서 있는데 굳이 약한 모습을 보일 필요는 없었다.

그러니 적반하장으로 나오는 중국 대표에게 한국은 이번 협상을 해도 그만, 안 해도 그만이라는 뉘앙스를 흘릴 필요가 있었다.

정명수가 이런 판단을 할 수 있는 것은 대한민국이 이전의 대한민국이 아니라 군사대국 중국과 일전을 벌여도 크게 밀리지 않을 정도로 군사력이 막강해졌다는 것을 알기 때문이었다.

이전 북한과 휴전선을 맞대고 있을 때만 해도 그런 생각은 할 수 없었을 테지만, 지금은 그럴 필요가 없었다.

이전과 달라진 것은 그리 없었다. 단지 북한이 보유했던 핵무기를 확보했다는 것만 다를 뿐이었다.

핵의 존재가 커다란 부담이었기에 중국도 한국과 협상을 하는 것이지 않은가.

만약 한국이 한반도 비핵화 선언을 계승하겠다며 구 북한군이 개발했던 핵무기를 폐기했다면 중국은 아마도 한국이 협상을 하자고 해도 이에 응하지 않고 오히려 교전으로 파괴된 심양 군구의 기갑 전력에 대한 보상을 요구했을 것이다.

그리고 이런저런 핑계를 대며 이북 지역을 점령하기 위해 군사력을 더 모았을지도 몰랐다.

하지만 대한민국 대통령인 윤재인은 전임 대통령이 선언했던 선언문을 무턱대고 계승하지 않았다. 필요하다면 선언을 무시하며 북한이 개발했던 핵무기를 불문에 붙이며 유지

보수를 명령하였다.

아니, 사실 거기에는 중국의 역할이 컸다고 볼 수 있었다. 중국 심양 군구가 기습을 하듯 밀고 내려오지만 않았다면 일이 어떻게 될지 모르는 상황이었다. 아무튼 결과적으로 심양 군구의 전력이 선전포고도 없이 국경 지대를 넘고, 또 기습 공격을 함으로써 윤재인은 자국의 안보를 위해 핵무기 보유를 선언한 것이었다.

비록 중국 주석인 주진평의 협박에 엉뚱하게 맞대응하다 한 말이지만, 어찌 되었든 대통령의 말이라 그 말은 무게를 가지며 정책이 되었다.

아무튼 일이 그렇게 흘러가 대한민국은 중국을 상대로 핵무기 보유를 선언하게 되었다. 물론 그 문제로 인해 국제사회가 무척이나 시끄러운 상황이지만, 대한민국의 국민들은 대통령의 핵무기 보유 선언을 크게 환영하였다.

한반도를 둘러싼 나라들 중 세 나라(중국, 러시아, 미국)가 이미 핵무기 보유국이다.

비록 미국의 동맹이라 핵우산을 쓰고 있다고는 하지만, 전적으로 그것만을 믿을 수는 없었다.

만약 관계가 틀어져 중국이 최후 수단으로 한반도에 핵무기 공격을 한다면, 미국이 그에 대한 보복 조치로 중국에 핵 공격을 해줄 것이라 믿을 수는 없었다.

그것을 믿는다면 그건 너무도 순진한 생각일 뿐이다.

미국은 자신들이 중국에 보복 공격을 했을 때의 손익을 따질 것이고, 만약 이득이 되지 않는다고 판단된다면 과감하게 외면할 것이다.

아니, 그럴 것이 확실했다. 왜냐하면 미국에 이득을 줘야 할 한국이 핵무기 공격으로 폐허가 된다면 더 이상 미국에 효용 가치가 없어지기 때문이다.

국제 관계란 것은 그렇게 냉정한 것이다. 동맹으로서 가치가 있어야 동맹 관계가 유지가 되는 것이다.

그런 판단하에 윤재인 대통령은 주변국의 압박을 무시하고 북한군이 보유했던 핵무기를 확보하여 그것들을 비밀 장소에 보관하였다.

그리고 지금, 중국과 협상을 하면서 대한민국이 핵무기를 보유한 사실을 인정받으려는 것이었다.

세계 최강국 미국이 인정해 준다면 가장 좋겠지만, 아무리 동맹이라 하지만 미국은 대한민국이 핵무기를 보유하는 것을 인정하지 않을 것이 분명했다.

그 이유는 한국이 핵무기 보유국이 되었을 때, 그런 상황이 자국에 이득이 되지 않기 때문이다.

지금까지 막대한 돈을 들여 구입하던 미국산 무기의 구매 또한 줄어들 것이 분명했다.

　미국 정부는 그동안 한국이 핵무기를 보유하려는 눈치만 보여도 주한미군 철수나 무기 수출 금지 등의 카드를 들이밀며 한국 정부를 압박했다.

　그런데 대한민국의 주적(主敵)인 북한이 무너져 한반도가 통일이 되었다.

　그 사실만 놓고 본다면 미국 입장에서 결코 나쁜 결과는 아니었다.

　날로 팽창하는 중국과 국경을 맞대고, 또 미국의 영원한 라이벌인 러시아와도 국경을 맞대야 했다.

　즉, 지켜야 할 국경이 이전보다 훨씬 늘어나는 것이다. 그 말인즉, 이전보다 늘어난 국경을 지키기 위해 더 많은 무기를 필요로 한다는 소리였다.

　한국군에 필요한 무기들이 많아진다는 소리는 미국이 팔아먹을 무기가 늘어난다는 소리와 같은 말이었다.

　그러니 한국이 한반도를 통일했다는 것은 미국 입장에서 환영할 만한 일이었다.

　하지만 한국의 핵무기 보유를 인정하는 문제에 있어서는 또 달랐다.

만약 핵무장을 인정하게 된다면 한국이 많은 장비를 구입할 필요가 없어진다.

감히 핵보유국에 어느 나라가 도발을 하겠는가.

중국이나 러시아가 핵보유국이라 하지만 상대도 자신들을 공격할 수 있는 핵무기를 가지고 있는데 같이 망하자고 작정을 하지 않았다면 굳이 문제를 일으킬 이유가 없어진다.

그런 관계로 미국은 절대 대한민국이 핵무기를 보유하는 것을 인정하지 않을 것이다.

아니, 한국이 보유 선언을 해도 갖은 수단을 써서 방해를 할 것이 분명했다.

하지만 어렵게 획득한 핵무기를 윤재인 대통령도 포기할 생각은 없었다.

강대국에 휘둘리는 것은 더 이상 사양이기 때문이다. 정명수는 대통령을 만났을 때, 분명 그와 같은 언급을 받았다.

그렇기에 지금 중국 협상 대표를 상대로 한국이 가진 카드를 슬쩍 내보이는 중이었다.

'너희만 핵을 보유한 것이 아니다. 우리 대한민국도 핵무기를 가지고 있다! 그러니 우릴 함부로 보지 말라!' 라고 말이다.

주진방은 그런 정명수의 은유적인 말에 조금 전보다 더 당황하며 식은땀을 흘리기 시작하였다.

그 또한 한국에 협상을 하러 오기 전, 주석인 주진평에게 한국이 핵을 보유했을지 모른다는 언질을 받았기 때문이다.

주진평은 어떻게든 한국에서 핵을 빼내기 위해 은밀하게 미국에 정보를 흘렸다.

하지만 무엇 때문인지 백악관은 그 뒤로 아무런 성명을 발표하지도 않고, 또 어떤 행동도 취하지 않았다.

분명 예전 같았으면 한국이 핵무장을 하는 것에 입에 거품을 물고 성토를 했을 것인데 아무런 반응이 없자 주진평은 당황해 이번 협상을 하게 된 것이기도 하다.

사실 주진평의 작은 중국 정책이 빠르게 진행이 되는 것은 그런 미국의 태도가 한몫 작용하기도 하였다.

이렇게 협상은 조항 하나하나 한국이 유리한 입장에서 진행이 되어갔다.

중국 대표로 나선 주진방은 어떻게든 자국의 손해를 줄여보기 위해 갖은 노력을 다했지만, 노련한 정명수의 언변에 번번이 물을 먹었다.

청와대 대통령 집무실.

"중국과 협상은 어떻게 진행이 되고 있나?"

윤재인 대통령이 비서실장인 길성준에게 물었다.

"예, 조금 전 3차 협상을 마쳤다고 합니다."

비서실장의 보고에 대통령은 다시 한 번 물었다.

"그래, 어떻게 하기로 했다고 하나?"

조금은 조급한 마음이 엿보이는 윤재인 대통령의 질문에 길성중 비서실장은 차분히 대답을 하였다.

"협상은 우리에게 유리하게 진행이 되었다고 합니다. 그리고 자세한 내용은 바로 들어와 보고를 하기로 하였습니다."

중국과의 협상 내용은 아직 확정된 것이 아니기 때문에 극비를 요구하였다.

그렇기에 전화를 통해 보고를 할 수도 없었다. 괜히 보안에 취약한 유선을 통해 협상 내용을 보고했다가 도청이라도 당해 정보가 빠져나간다면 한국으로서는 큰 손해를 볼 수도 있기 때문이었다.

"그래, 들어와 보고를 한다고 했지? 하, 초조하군."

"너무 심려하지 마십시오. 정명수 대사라면 이미 협상력만큼은 외교부의 어느 누구보다 뛰어나니 큰 성과를 가져오실 것입니다."

길성준은 대통령이 초조해하자 정명수의 능력을 거론하며 너무 걱정하지 말라고 위안을 하였다.

솔직히 비서실장인 길성준도 확답을 할 수 없는 말이었지만, 지금은 불안해하는 대통령을 어떻게든 진정시켜야 하기에 그리 말을 한 것이었다.

하지만 소 뒷걸음질에 쥐 잡는다 했던가. 대통령을 안심시키기 위해 한 말이지만, 길성준 비서실장의 예상은 전혀 틀리지 않았다.

외교부 내에 정명수만큼 협상 능력이 뛰어난 사람이 없는 것이 사실이었다.

비록 파벌 싸움 때문에 캄보디아 같은 낙후된 곳의 대사로 발령이 난 것이지, 능력이 떨어져 그런 것은 아니었다.

정명수가 대사로 있던 캄보디아는 사실 남한보다는 북한과 더 가까운 나라였다.

그렇지만 정명수가 한국 대사로 가면서 외교 관계가 많이 개선되었다.

그리고 북한을 흡수 통일하면서 한국 대사관의 위상은 더욱 올라갔다.

이전 북한 대사관이 존재할 때도 그와 동등한 위치까지 올려놓은 정명수였다.

그런데 북한이 한국에 흡수되면서 대한민국은 확실한 강대국의 위치에 올랐다.

더욱이 통일 직후, 중국과의 교전에서 일방적인 승리를 하면서 더욱 강한 인상을 동남아 국가들에 심어주었다.

그동안 한국을 무시하던 많은 나라들이 다시 보게 만드는 계기가 되었다.

아무튼 협상 능력이 뛰어난 정명수로 인해 캄보디아에서 만큼은 확실한 대우를 받게 된 것이다.

똑! 똑!

노크 소리가 들리고 청와대 비서관 한 명이 안으로 들어왔다.

그는 비서실장인 길성중의 귀에 조용히 귓속말을 하고 밖으로 나갔다.

"정명수 대사가 도착했다고 합니다."

길성준 실장은 대통령에게 방금 전 비서가 전해 주고 간 말을 전했다.

"그래, 어서 들어오라고 하세요."

"알겠습니다."

대통령의 말이 떨어지기 무섭게 길성준은 밖으로 나가 정명수를 데리고 들어왔다.

대통령 집무실 안으로 들어오던 정명수는 윤재인 대통령을 보며 인사를 하였다.

그런 정명수를 보며 윤재인은 얼른 손짓을 하며 자리에 앉기를 종용했다.

그러면서 길성준 비서실장에게 NSC 소집을 지시하였다.

"길 실장, NSC를 소집하기 바라네."

"알겠습니다."

대통령이 NSC를 소집하라는 말에 길성준은 얼른 대답을 하고 밖으로 나갔다.

윤재인 대통령이 NSC를 소집한 이유는 중국과 협상한 내용을 자신 혼자 알고 있는 것보다는 NSC 위원들과 함께 듣는 것이 좋을 것이란 판단 때문이었다.

'백지장도 맞들면 낫다'라는 속담처럼 혼자 생각하기보다 국가 안보 회의(NSC) 위원들과 함께 논의를 하는 것이 훨씬 좋은 방안을 마련할 수 있기 때문이었다.

얼마 지나지 않아 NSC 위원들이 대통령 집무실로 모였다.

"부르셨습니까?"

"어서들 와요."

NSC 위원들은 피곤한 몸을 이끌고 저마다 모습을 드러 냈다.

집무실 안으로 들어서는 NSC 위원들의 얼굴에는 다크 서클이 얼굴의 반쯤 내려와 있었다.

초췌한 NSC 위원들의 모습에 정명환은 깜짝 놀랐다.

그 또한 이 자리에 있는 사람들이 얼마나 대단한 사람들 인지 너무나도 잘 알고 있었다.

직급 또한 자신보다 한 등급 이상 높고, 들어온 이들 중 그가 잘 알고 있는 사람도 한 명 껴 있었다.

비록 자신과 견해는 다르지만, 상관인 이박명 외교통상부 장관을 본 정명수는 자리에서 일어나 그를 향해 인사를 하 였다.

한편 NSC 소집으로 대통령 집무실로 들어서던 이박명 장관은 뜻밖의 인물을 보게 되자 깜짝 놀랐다.

"아니, 정명수 차관이 여긴 어쩐 일인가?"

"대통령께 보고할 것이 있어 들어오게 되었습니다."

정명수의 대답에 이박명 장관은 살짝 눈살을 찌푸렸다.

상관인 자신에게 말하기도 전에 대통령에게 보고를 한다

는 말에 살짝 기분이 나빠진 탓이었다.

물론 그 역시 현재 정명수가 어떤 일을 하고 있는지 잘 알고 있었다.

하지만 명색이 상관이 자신에게 정명수가 먼저 보고를 해야 한다고 생각을 했기 때문이다.

그렇지만 중국과의 협상 내용은 발표하기 전까지 극비로 다뤄야만 했다.

비밀이란 알고 있는 사람이 적을수록 외부로 흘러나갈 위험이 낮다.

그 때문에 대통령은 중국과의 협상에 대한 전권을 정명수에게 위임하였다.

어느 누구에게 보고하지 말고 대통령인 자신에게만 직접 보고를 하라는 지시를 내렸던 것이다.

그래서 정명수도 직접 대통령에게 보고를 하기 위해 청와대에 들어왔다.

"모두 자리에들 앉으시오."

윤재인 대통령은 소집한 NSC 위원들이 모두 도착하자 자리를 권했다.

대통령의 말에 아직 서성이던 위원들은 각자 근처에 있던 의자에 앉았다.

대통령 집무실에는 NSC 위원들의 숫자에 맞게 의자들이 배치되어 있었다.

"각하, 그런데 정명수 차관은 어쩐 일로 이 자리에 있는 것입니까?"

이박명 장관은 정명수에게 시선을 주었다가 윤재인 대통령에게 시선을 돌리며 물었다.

자격이 없는 이가 NSC에 참석한 것을 언급한 것이다.

NSC 회의 중에 나온 이야기는 간단한 농담이라도 외부에 유출되면 안 되는 사안이기에 원칙적으로는 NSC 위원이 아닌 정명수가 자리하고 있으면 안 되었다.

그리고 그런 이박명 장관의 말에 동조를 하듯 다른 NSC 위원들도 비슷한 눈빛으로 해명을 바라는 듯 정명수를 보았다.

하지만 뒤이어 들린 대통령의 말에 정명수에게 못마땅한 시선을 던지던 위원들의 표정이 당황으로 바뀌었다.

"오늘 NSC를 소집한 것은 다름 아닌 정명수 차관이 가져온 내용 때문이오."

"예? 그게 무슨 소립니까?"

정명수 차관이 무슨 문제를 가져온 것인지 모르는 위원들은 의구심이 가득한 표정으로 정명수를 다시 한 번 돌아보았다.

그런 위원들의 궁금증을 해결해 준 것은 다름 아닌 윤재인 대통령이었다.

"위원들도 압록강 교전 문제로 중국과 협상을 벌이고 있음을 잘 알고 있을 것이오."

대통령의 말에 NSC 위원들은 모두 고개를 끄덕였다.

그리고 그런 중요한 문제가 있었는데, 지금 생각해 보니 자신들은 협상 대표가 누구인지조차 알지 못하고 있었다.

NSC 위원이면서 이런 국가적 중요한 사안을 모르고 있었다는 사실에 무척이나 당황하였다.

"이번 중국과의 협상 대표로 정명수 차관이 임명되어 전권을 가지고 협상을 하였는데, 오늘 드디어 대략적인 타결을 했다고 합니다."

윤재인 대통령은 NSC를 소집하고 위원들이 모이기 전에 간단하게 정명수 차관에게 보고를 받았다.

3일간 계속되던 협상의 결과에 대하여 간략하게나마 들은 것이다.

정명수는 조금 전까지 중국 협상 대표인 주진방과의 협상에서 중국이 양보할 수 있는 것과 한국이 취득한 것에 대하여 들려주었다.

그에 대해서 지금 윤재인 대통령이 NSC 위원들에게 설명을 하는 것이었다.

"그럼 중국과 최종 합의를 이룬 것입니까?"

이야기를 듣던 국무총리인 고준이 대통령에게 질문을 하였다.

고준 총리의 질문에 윤재인 대통령의 시선이 정명수에게 돌려졌다.

그런 대통령의 모습에 다른 NSC 위원들의 시선도 정명수에게로 몰렸다.

자신에게 집무실 안에 있던 모든 사람들의 시선이 쏠리자 정명수는 작게 헛기침을 하고 대답을 하였다.

"흠, 제가 말씀드리겠습니다. 이번 중국과의 협상 안건은 모두 네 가지입니다. 첫째……."

정명수는 자신이 대통령의 명령으로 중국 대표와 협상을 벌인 내용을 차분하게 설명을 이어 나갔였다.

협상의 주요 내용은 총 네 가지였는데, 그 첫 번째는 이번 압록강에서의 교전에 대한 모든 책임이 중국에 있음을 공식적으로 인정하고 사과를 하는 것이었다.

그리고 두 번째는 재발 방지에 대한 대책에 대한 합의였다.

세 번째는 현재 대한민국이 보유한, 구 북한군이 개발한 핵무기들의 보유를 인정하라는 것이었다.

대한민국은 한반도를 둘러싼 주변의 강대국들로 인해 그동안 많은 손해를 보았다.

아무리 재래식 무기를 많이 개발해도 핵무기 한 방이면 모든 것이 끝이다. 그런데 우여곡절 끝에 대한민국은 핵무기를 보유하게 되었다. 비록 자체 개발한 것은 아니지만, 어찌 되었든 핵무기를 다수 보유하게 되었으니 이를 인정하라는 것이었다.

사실 그것을 위해 정명수는 중국 협상 대표인 주진방에게 이번 문제와 관계도 없는 중국 내 한국인 범죄자들의 처우에 관해 언급을 했다. 그 문제는 어떻게 보면 내정 간섭으로 비화될 수도 있는 문제였지만, 현재 칼자루를 쥐고 있는 쪽은 한국이었기에 그런 문제를 꺼낼 수 있었다.

아무튼 주진방을 밀어붙인 끝에 중국으로부터 한국이 구 북한군이 보유했던 핵무기 보유를 인정한다는 확답을 얻었다. 다만, 북한군이 개발했던 핵은 인정하지만, 한국이 이후에 개발하는 것은 인정하지 않겠다는 말도 들었다.

물론 핵 개발은 대한민국으로서는 생각지도 않는 문제였다. 한국은 현재 흡수한 북한 지역을 개발하기에도 예산이 빠듯했다. 그런데 핵무기 개발을 한다는 것은 말도 되지 않는 소리였다.

그리고 한국 입장에선 앞으로 있을 미국과의 핵무기 협상 때 중국이 한 말을 적절히 이용해 미국으로부터도 핵무기 보유에 대한 긍정적 답을 유추할 수 있게 되어 좋은 카드를 갖게 되었다.

마지막으로 네 번째는 교전에 대한 배상금 문제였다.

사실 세 번째 문제가 이번 협상에서 가장 중요한 문제였는데, 중국 측 협상 대표를 압박하면서 지루한 협상 끝에 원하는 대답을 들었다.

하지만 정명수는 끝까지 틈을 놓치지 않고 마지막 배상금 문제에서도 실력을 여실히 드러냈다.

배상금으로 500억 달러를 받기로 한 것이다.

전쟁 배상금이라 말하기에는 조금 작은 금액이라 할 수도 있었지만, 중국 측에서 동북 3성을 한국에 할양할 수도 있다는 말이 나오자 신중하게 생각해 배상 금액을 그렇게 잡은 것이다. 물론 그 과정에서 원래 동북 3성이 한국의 고토였다며 강짜를 부리기도 하며 배상금을 최대한 줄이려는 주진방을 어르고 달래며 협상을 이끌었다.

물론 중국이라고 해서 모든 것을 양보한 것은 아니었다.

명분을 중요시 여기는 중국 정부는 어떻게 해서든 이번 압록강 교전을 중국과 한국의 국지전이 아닌, 심양 군구 사령관이 독단적으로 벌인 일이라 말하고 싶었다. 그래야 주석인 주진평이 주장하는 작은 중국 정책을 펼치는 데 당위성을 줄 수 있기 때문이었다.

많은 것을 포기하면서도 중국은 이렇듯 명분을 얻는 것에 목을 매었다. 그 과정에서 한국은 중국에 많은 것을 양보 받았다.

정명수가 중국 측 대표와 합상을 벌이던 상황을 재현하며 그 결과물에 대해 들려줄 때마다 이야기를 듣고 있던 대통령과 NSC 위원들은 감탄에 마지않았다.

결과물만 놓고 보면 한 번의 교전으로 대한민국은 엄청난 이득을 얻었다.

비록 군인 몇 명과 장갑차 몇 대가 파괴되기는 했지만, 그 결과로 대한민국은 중국으로부터 정식으로 한반도 통일을 했다는 것을 확답 받고, 또 고토 일부를 할양 받았다.

물론 동북 3성 전체를 받았다면 더 좋았을 테지만 그 부분에서 정명수가 거부를 하였다.

그것은 대한민국의 역량을 초과하는 결과이기 때문이다. 현재 대한민국은 통일한 북한 지역을 개발하는 것만으로도 예산이 빠듯한 상태인데, 거기에 북한 지역과 별반 다르지 않는 동북 3성을 얻게 된다면 감당할 수가 없었다.

그렇기에 정명수는 할양 받는 지역도 지역 주민 소개란 명목으로 중국에 유예기간을 두고 5년 뒤에 할양 받기로 합의를 하였다.

사실 이때 협상장에서는 참으로 웃지 못 할 광경이 연출되기도 했다.

중국 측에서는 어떻게든 더 많은 땅을 할양하려 하였고, 한국은 최대한 줄이려고 하였다.

한쪽은 더 주려고 힘쓰고, 또 다른 쪽은 덜 받겠다면 거부를 했던 것이다.

여느 협상과는 정반대의 모습이 연출이 되었던 것이다. 그에 대한 이야기를 하자 정명수의 이야기를 듣던 대통령과 NSC 위원들은 어처구니가 없어 허탈한 표정으로 정명수를 쳐다보았다.

2.
대통령과의 면담

백제 호텔, 한중 교전 협상장.

찰칵! 찰칵!

한국과 중국은 한 달 전, 두 나라의 국경인 압록강에서 벌어진 심양 군구 집단군과 대한민국 국군 2기갑사단 간의 교전에 대한 협상을 벌였다.

그리고 3일이나 되는 철야 협상 끝에 극적으로 합의가 타결되었기에 내외신 기자들을 불러들였다.

기자들은 양국 대표의 연락으로 급하게 백제 호텔을 찾아 한중 양국 협상 대표의 발표를 기다리고 있었다.

포토라인 밖에서는 계속해서 카메라 셔터가 눌러지며 플

래시가 계속해서 번쩍였다.

아직 양국 대표 중 누구도 나오지 않았지만, 단상에 걸려 있는 양국 국기를 배경으로 계속해서 카메라 불빛이 번쩍이는 것이었다.

"잠시 뒤, 한중 교전 협상의 한국 측 대표이신 전 캄보디아 대사 겸 정명수 외교통상부 차관님과 중국 대표이신 주빈방 국무원 부총리께서 나오시겠습니다."

기자회견을 준비한 외교통상부 직원이 나와 조금 뒤 양국 대표가 이번 협상 내용을 발표할 것을 알렸다.

그러자 조금 전과는 다르게 소란스럽던 실내가 바늘 떨어지는 소리마저 들릴 것처럼 조용해졌다.

외교통상부 직원이 그렇게 말을 하고 물러나고 얼마 지나지 않아 발표장 한쪽 문이 열리며 새로운 사람들이 들어와 단상으로 올랐다.

문이 열리기 무섭게 조용하던 실내는 언제 그랬냐는 듯 다시 한 번 카메라 셔터 누르는 소리와 플래시의 번쩍거리는 불빛으로 가득하였다.

찰칵! 찰칵!

번쩍! 번쩍!

카메라 세례를 받으며 단상에 오른 정명수와 주진방은 차분하게 단상 앞에 마주 섰다.

그러고는 정명수가 먼저 단상 앞으로 나와 마이크를 잡고 원고를 읽기 시작하였다.

이번 협상의 내용이 적혀 있는 원고였다.

정명수는 들고 있던 원고를 차분하고 또박또박 읽어 내려 갔다.

"안녕하십니까? 방금 소개 받은 외교통상부 차관 정명수 입니다. 이런 일로 기자분들을 만나게 되어 무척이나 유감 스러운 심정입니다."

협상의 내용을 발표하기 전, 정명수는 기자들을 향해 가 볍게 인사를 하며 서두를 꺼냈다.

"이번 한중 교전에 대한 협의는 총 네 가지 안건을 두고 협상하였고, 서로 수긍할 수 있는 범위 내에 합의를 보았음 을 선언합니다. 이는 양국의 어느 한쪽이 손해를 보는 협상 이 아니었음을 다시 한 번 강조하는 바입니다."

차분하게 원고를 읽는 정명수는 웅변이라도 하듯 기자들 을 보며 말을 이어 나갔다. 그가 말하는 내용의 골자는 간 단했다. 금번의 협상이 일방적인 결론이 아닌, 양국이 동등 한 입장에서 협상을 하였음을 강조하는 것이었다.

이는 예전과는 많은 차이를 느끼게 해주는 말이었는데,

사실 예전의 한국은 중국이나 미국 등 강대국과 협정문을 발표할 때면 언제나 약자의 입장에서 협상을 벌이고 그에 대한 결과를 발표하였다.

그렇기 때문에 정부가 아무리 성공적인 협상이라고 발표를 해도 국민들이 그 협상 내용을 들었을 때는 불공정한 부분이 없지 않았다.

예를 들어 한미 FTA 협상을 들 수 있었다. 겉으로 보기에 동등한 입장에서 벌인 협상 같지만, 문구 하나하나를 자세히 들여다보면 불공정한 협상이었다는 것을 누구나 알 수 있었다.

곳곳에 자리한 독소 조항으로 인해 한국 경제에 크나큰 불이익이 뻔히 보이는데도 예전 정부는 세계화란 명목 아래 그것을 추진하려고 하였다.

한 번 발의되면 절대로 되돌릴 수 없다는 내용이 버젓이 있는데도 그런 문구를 무시하고, 한국은 미국에 어떤 반발도 하지 못하는, 사실상 나라 경제를 미국에 갖다 바치는 내용이었다.

아무튼 그런 어처구니없는 협상을 벌이고도 그동안 한국 정부는 으레 당연시 했다.

그것이 애국이라 자위하며, 자신들은 최선을 다했다는 정신승리를 강조하였다.

그리고 그런 정부의 정책을 따르는 것만이 애국이라 국민들을 호도하였다.

하지만 깨어 있는 국민들은 그런 불합리를 더 이상 참지 않았다. 애국이라 생각해 그동안 참아왔던 것이 폭발하듯 분출되어 지금의 정부를 정상에 올렸다.

아무튼 현 정부는 국민들의 염원을 잘 받아들여 연임에 성공하였다.

그리고 지금 이 순간, 대한민국의 자부심을 한층 끌어 올리는 기자회견이 시작되고 있었다.

"중국과 협의한 내용은 총 네 가지였습니다. 첫째, 이번 교전 책임 소재를 명확하게 따지는 일입니다. 둘째, 재발 방지에 대한 협의입니다. 셋째, 한국이 한반도 통일을 하는 과정에서 획득한, 구 북한군이 개발했던 핵무기에 대한 보유 인정입니다. 넷째……."

정명수 차관이 중국과 협의 내용을 발표하고 있을 때, 조용히 그 내용을 듣고 있던 기자석이 크게 소란스러워졌다.

그도 그럴 것이, 세 번째 안건의 내용이 너무나도 엄청난 이슈였기 때문이다.

다른 것도 아니고, 핵무기 보유에 관한 내용이었기에 실내가 소란스러워지는 것은 당연한 수순이었다.

"마지막으로 넷째는 이번 교전으로 인해 한국이 입은 피해에 대한 보상금 책정입니다."

마지막 협의문을 발표한 정명수는 잠시 말을 멈추고 장내를 둘러보았다.

그런 정명수의 모습을 카메라는 계속해서 불빛을 발사하며 담고 있었다.

장내 분위기가 자신의 의도대로 흘러가는 듯하자 정명수는 다시 입을 열어 원고를 읽어 내려갔다.

"첫째, 책임 소재를 밝히는 데 있어 중국 정부는 이번 한중 교전이 절대 중국 정부의 뜻이 아니었음을 한국 정부에 알려왔으며, 한국 정부는 중국 정부의 뜻을 받아들였습니다. 그리고 중국 정부는 자신들의 뜻은 아니지만 권력자 중 일부가 자신들의 권력 강화를 위해 쿠데타를 일으켰으며, 이를 막지 못해 이런 비극이 일어난 것에 대한 책임을 지고 이번 협상에 임해 이번 교전으로 불의의 희생을 당한 한국 군과 관계자들에게 유감의 뜻을 발표하였습니다."

원고를 읽어가던 정명수는 무언가 가슴속에서 끓어오르는 것이 있는 듯 발표를 하던 중 말끝이 살짝 흔들렸다.

"둘째, 재발 방지를 위해 중국 정부는 기존의 독립적이던 군벌들을 통합하기로 하였습니다. 이전에는 중국 대륙을 일곱 개의 군구로 운영하였는데, 그러다 보니 금번 사건처럼 군구가 독립적으로 중앙의 정책과 다르게 움직이는 경우가 발생하였습니다. 중국 정부는 이를 교훈 삼아 전군을 통합해 통합군 체제로 전향할 것을 약속하였고, 이 과정에서 심양 군구가 위치했던 동북 3성은 국경을 경계하는 경비 인력을 제외한 병력을 군의 개혁과 맞물려 본토로 이전하기로 하였습니다."

기자들은 첫 번째 협의문의 내용을 발표할 때만 해도 역시나 중국 정부가 살짝 책임을 피해간다고 생각하였다.

그런데 두 번째 내용이 발표되면서 다시 한 번 소란이 일어났다.

그동안 중국은 독특한 군사 체계를 가지고 있었는데, 각 군구의 권한은 그 지역에선 무소불위의 힘을 가진 것이나 다름없었다.

군구라는 체계가 현대 전략에서 그리 좋은 시스템이 아니었다. 그럼에도 그러한 독립적인 군사 체계를 유지하고 있던 원인은 다름 아닌 중국의 탄생 배경에서 찾을 수 있었다.

중국은 근대에 들어서며 청나라가 서구 열강의 침입으로

내우외환의 위기를 겪으며 무너졌다.

　내부적으로 부패하고 외부적으로는 열강들의 침탈에 결국 동양의 대제국이던 청나라는 역사의 뒤안길로 사라졌다.

　그 과정에서 대륙 곳곳에 자리하고 있던 군벌들이 현대 중국군의 모태가 되었는데, 당시 군벌은 나라의 군대가 아닌 개인의 군대였다.

　최고 사령관의 사병이었던 그들이 중국이란 나라에 편입되었으니, 당연 개인의 이득을 위해 군대를 움직였다.

　현대에 이르러서도 그런 경향이 사라지지 않은 채 유지가 되어왔다.

　그러던 것이 이번에 그 병폐가 여실히 드러나 결과적으로 국가에 부담을 주게 되었다.

　중국 정부는 이번 일을 기회로 효율적인 군사 체계를 완성하기 위해 일곱 개 군구로 나눠진 군대를 통폐합하기로 결정하였다.

　. 미국을 제외하고는 어떤 나라와 교전을 해도 승리할 자신이 있다고 자랑하던 심양 군구의 집단군이 몇 수 아래라 생각했던 한국군, 그것도 일개 사단 병력에 막혔으니 어쩌면 당연한 결과였다.

　그런데 기자들이 놀란 것은 군을 통폐합한다는 내용 때문이 아니었다. 그보다는 심양 군구가 담당하던 지역에서 국경 경계 병력을 빼고 모두 철수한다는 발표 때문이었다.

그 때문에 아직 발표가 끝나지도 않았는데도 기자들은 손을 들어 중국 측 대표인 주진방에게 질문을 하였다.

하지만 기자들의 질문 세례는 곧 수그러들 수밖에 없었다.

너무도 소란스러워 발표가 중단되자 외교통상부 직원들이 나서서 장내를 진정시켰기 때문이다.

잠시 소란이 일긴 하였지만 장내가 진정되자 정명수는 다시 목을 가다듬고 발표를 계속하였다.

"음, 음. 발표가 모두 끝난 뒤 질문할 시간을 드릴 것이니, 궁금한 점이 있으시더라도 우선은 진정들 해주십시오."

정명수는 노련하게 한 템포 죽이며 기자들을 진정시켰다.

그리고 계속해서 협의 내용을 발표하였다.

"셋째, 한국이 보유한 구 북한군이 개발한 핵무기의 보유 사실을 인정한다. 넷째, 중국 정부는 이번 한중 교전의 책임이 전적으로 중국 정부가 군을 통제하지 못해 벌어진 것을 인정하고, 그 보상으로 500억 달러의 보상금을 한국 정부에 보상하며, 한국과 국경을 맞대고 있는 동북 3성(흑룡강성, 길림성, 요녕성)을 5년 뒤 할양하는 것에 합의를 하였습니다."

한국 측 대표인 정명수 차관의 발표가 끝나자 장내는 잠시 쥐 죽은 듯 침묵이 흘렀다.

너무도 충격적인 내용이 연이어 발표되었기 때문이다.

앞서 발표한 이번 사태의 책임 소재가 중국이란 발표나 재발 방지를 위해 군의 통폐합을 하고, 또 국경에 경비 병력만 남겨놓는다는 이야기와는 비교도 안 될 사안이었다. 그야말로 엄청난 충격을 가져다주었다.

대한민국은 1992년에 한반도 내에서 핵무기 개발을 하지 않겠다고 선언을 했었다.

물론 당시의 북한 또한 대한민국 정부와 함께 공동 선언을 하였지만, 북한은 2006년 선언을 번복하며 핵무기 개발에 착수하였다.

구 북한군이 보유했을 것이라 추정되는 핵무기는 총 7~20기 정도였다.

불량한 경제 사정 속에서도 구 북한 정부는 자신들의 체제를 유지하기 위해 핵개발만이 살길이라 생각해 핵무기 등 첨단 무기 개발에 힘썼다.

하지만 연이은 전쟁 도발에 보다 못한 대한민국 정부가 특수부대를 구 북한 정부가 있는 평양에 침투시켜 북한 지도부를 일망타진하였다.

그 과정에서 북한에 침투했던 특수부대는 가장 위협이 되는 핵무기를 확보하는 데 성공하였다.

그렇게 확보한 핵무기는 그동안 비밀리에 관리가 되어왔는데, 이번에 중국과의 교전으로 인해 그 존재가 수면 위로 드러나게 되었다.

대한민국 정부는 기회라 판단을 하고 이참에 확실하게 대한민국이 핵무기 보유국이란 지위를 획득하기 위해 중국과 협상에 들어갔다.

그리고 그런 정부의 의도는 기가 막히게 들어맞았다. 모든 일에는 시(時)와 장소가 있는 법이다.

아무리 좋은 계획이라도 적당한 때, 그리고 실행할 장소가 있어야만 완성이 된다.

대한민국 정부는 시기를 중국과 벌이는 한중 교전 협상 장소로 정했다.

칼자루는 교전에서 승리한 대한민국 정부가 가지고 있기에 아무리 자존심 강한 중국 정부라 해도 이번만큼은 대한민국 정부의 의도대로 끌려갈 수밖에 없었다.

중국 정부도 어떻게든 한국이 핵무기를 보유하는 사태만은 막아보려고 노력을 하였지만, 모두 수포로 돌아갔다.

이미 작정을 하고 완벽하게 계획을 수립한 한국 정부의 승리였다.

중국이 한국의 동맹인 미국에 정보를 흘렸지만, 그보다 한발 빠르게 움직인 한국은 미국이 협상에 껴들기 전에 먼저 중국과 협상을 마무리해 버린 것이었다.

이로써 대한민국은 강대국 중 하나인 중국에 공식적으로 핵무기 보유 사실을 인정받았다.

그런 사실만 해도 놀랄 일인데, 중국이 이번에는 교전에 대한 책임으로 배상금을 지불하는 것 외에도 동북 3성을 할양한다는 발표에 기자들은 경악을 넘어 공황 상태에 빠지고 만 것이다. 비록 주민 소개 목적으로 5년 뒤부터 이행이 된다고는 했지만.

중국이 그동안 펼친 팽창 정책은 누구나 잘 알고 있는 사실이었다.

오래전 북한을 병합하기 위해 중국이 했던 동북 공정이나 자치구가 독립을 하려고 할 때마다 무력으로 불만 세력을 제압하던 것을 널리 알려진 바였다. 한데 영토 일부를 포기한다는 중국 정부의 입장은 그동안의 정책에 큰 변화를 암시하는 신호탄이라 할 수 있었다.

기자들은 너무도 놀라운 발표 내용에 누구 하나 입을 여는 사람이 없었다.

충격이 회견장을 휩쓰는 사이, 정명수는 발표를 마치고 뒤로 물러났다.

그러자 중국 대표인 주진방이 앞으로 나서서 조금 전 한국 대표인 정명수가 발표한 것에 대해 중국의 합의한 내용을 발표하였다.

정명수가 한국의 입장에서 협의문을 발표하였다면, 이번 주진방의 발표 내용은 중국의 입장에서 한국이 양보한 내용을 발표하는 것이었다.

같은 협의 내용이지만 각국의 입장에서 입각한 발표문이기에 조금은 다른 내용도 있었다.

물론 그렇다고 협의 내용이 달라지지는 않겠지만 말이다.

청와대 대통령 집무실.

윤재인 대통령은 자신의 집무실을 찾은 수한과 함께 전면에 놓인 TV 화면을 보고 있었다.

수한이 윤재인 대통령에게 부탁할 것이 있어 청와대를 찾았다가 뜻하지 않게 한중 교전에 대한 협상이 타결되어 그 발표를 함께 보게 된 것이었다.

한참 한중 교전 협상 발표를 지켜보던 수한은 발표가 끝나자 고개를 돌려 윤재인 대통령에게 시선을 주었다.

협상의 내용을 이미 알고 있었지만 TV를 통해 다시 듣게 되자 윤재인 대통령은 가슴속 깊은 곳에서 뿌듯함을 느꼈다.

윤재인 대통령은 어려서부터 조국 대한민국을 생각할 때마다 답답함을 느꼈다.

무엇 때문에 약한 모습을 보이며 국제사회의 호구를 자처하는 것인지 알 수가 없었다.

물론 정치에 입문하면서 진상을 알게 되었지만, 그래도 그의 답답한 기분은 가시질 않았다.

한국이 위치한 지리적 요건은 그야말로 최악이었다. 사방이 강대국에 둘러싸여 제 목소리를 못 내는 현실. 그런 현실 속에서 그는 또 다른 갈증을 느꼈다.

그리고 자신에게 힘이 생긴다면 그러한 관계를 타파하겠다는 포부를 가졌다.

그런데 이렇게 자신이 대통령의 자리에 있을 때, 민족의 염원이던 통일을 이룩했다.

그때까지만 해도 정말이지 여한이 없다고 생각하였다.

GREAT
그레이트 코리아
KOREA

하지만 호사다마라고 했던가. 통일을 이룬 지 얼마 되지 않아 강대국 중국이 침공을 해온 것이다. 다행히 국경을 지키고 있던 국군에 의해 작은 피해만 입고 막아낼 수 있었다.

당시 중국 주석이 핫라인을 통해 협박을 했을 때만 해도 얼마나 살이 떨렸는지. 지금 생각해 보면 당시 무슨 정신으로 중국 주석인 주진평에게 그런 말을 했는지 모를 일이었다.

아무튼 윤재인은 자신이 생각해도 당시 자신이 반쯤 미쳐 있었다고 판단했다.

정말이지, 인간지사 새옹지마(人間之事 塞翁之馬)라 했던가. 북한의 전쟁 도발을 막기 위해 비밀리에 양성한 특수부대를 평양으로 침투시켰다.

사실 그 당시에는 작전의 성공 여부를 떠나 한반도 내에서의 전쟁을 막기 위한 더 이상의 방법이 없었다.

이미 중국의 원조를 받고 그 대가로 한반도 내에서의 전쟁을 힐책하던 북한 정부였기에 더 이상 대화가 통하는 시기를 넘긴 후였다.

그랬기에 특수부대를 북한 깊숙이 침투시켜 마지막 수를 시도한 것이었다.

하늘의 보살핌인지, 그 최후의 한 수가 성공하여 민족의 염원인 통일을 이룩하였다.

그런데 전쟁의 위기를 넘겼다 생각했던 시각, 또 다른 위기가 한반도에 닥쳐왔다.

강대국 중국의 최정예 병력인 심양 군구 집단군이 쳐들어온 것이다.

다행히도 그동안 준비했던 것이 헛되지 않았는지, 막강한 심양 군구의 집단군을 맞아 대승을 거두면서 막아냈다.

그 일을 통해 한국은 절대 약한 국가가 아니란 것을, 함부로 건드리면 큰코다칠 수도 있다는 것을 세계만방에 알렸다.

이 모든 과정이 정말이지 고사성어에 나오는 새옹지마라 할 수 있었다.

하지만 끝이 좋으면 모든 것이 좋다고 했던가. 언제나 고자세로 한국을 내려다보던 중국이 모든 것을 양보하며 협정을 마무리하였다.

그리고 이 모든 일의 밑바탕에는 눈앞에 있는 어린 친구의 노력이 깃들어 있었다.

한반도에서 전쟁을 몰아내기 위해 특수부대가 사용했던 장비들도 눈앞에 있는 젊은 박사가 만들어낸 것이며, 최대의 위기였던 중국 심양 군구의 최정예 병력이 국경을 넘었을 때 그것을 막아낸 장비도 앞에 앉아 자신을 보고 있는 박사의 작품이었다.

그리고 현재 이 젊은 박사가 한반도 내에서 펼치는 사업은 조국과 민족 번영에 크게 이바지 하고 있었다.

마음 같아서는 이 사람이 원하는 모든 것을 들어주고 싶었다.

하지만 그것은 개인적인 생각이고, 현재 윤재인 본인의 지위는 일개인이 아닌 한 국가의 대통령이었다.

대통령은 개인일 수가 없다. 대통령은 개인이 아닌 국가의 수장으로서 조국의 미래를 위해 어떠한 일이라도 해야만 하는 존재였다.

윤재인 대통령은 마음과는 다르게 진지한 표정으로 앞에 앉아 있는 수한을 쳐다보았다.

수한은 바로 진지하게 표정이 변하는 대통령을 보며, 그떠한 표정을 바로 하고 자신이 오늘 청와대를 찾아온 용건을 말했다.

"대통령님, 북한 지역 개발에 관해 제안할 것이 있어 이렇게 면담을 요청하였습니다."

수한은 단도직입적으로 자신이 하고자 하는 바를 그대로

말하였다.

"그런 일이라면 재정경제부 장관하고 이야기해야 할 것 같은데?"

윤재인 대통령은 수한의 이야기에 고개를 갸웃거렸다.

그가 판단하기에 굳이 대통령인 자신을 찾아올 것이 아니라 재정경제부 장관에게 말을 해도 될 것 같은데 무엇 때문에 자신을 찾아온 것인지 이유를 알 수가 없었다.

"원래대로라면 그래야겠지만, 제가 드릴 제안은 좀 단위가 커서 대통령님의 허가를 받는 것이 더 빨리 일을 처리할 수 있을 것 같아 무례를 무릅쓰고 찾아뵙게 되었습니다."

얼마나 단위가 크기에 재정경제부 장관이 처리할 범위를 벗어났다고 하는지 윤재인 대통령으로서는 이해가 가지 않았다.

"아니, 제안할 것이 얼마나 되는 규모이기에 그런 말을 하는 것인가?"

자신으로서는 수한이 하려는 사업의 규모를 도저히 짐작할 수가 없어 그리 물었다.

"제가 북한 지역을 돌아보고 느낀 것이 있는데, 현재 북한 지역의 식량 문제가 무척이나 시급하다 느꼈습니다."

"식량? 그런데 그것이 어떻다는 것인가?"

"비록 정부에서 북한 지역 주민들을 돕기 위해 지원을 하고 있다고는 하지만, 그것만으로는 부족한 것이 현실입니다. 그래서 몇몇 기업과 자선단체에서 돕고 있지만 그건 해결책이 되지 못합니다."

수한은 현재 북한 지역이 처한 현실을 그대로 대통령에게 전했다.

윤재인은 대통령으로서 보고를 받기는 하였지만, 그렇게 자세한 내용을 알지는 못했다.

그저 밑에서 올라오는 보고만 받아 서류상으로만 북한 지역 현실을 듣다 보니 자세한 사정을 알지 못했다.

정부에서 북한 지역 주민에게 지원을 하고 있다고만 보고를 받았지, 주민들의 현실에 대한 이야기는 아직 보고를 받지 못한 것이다.

그런데 수한에게서 북한 지역의 현실을 듣다 보니 자신이 생각한 것보다 더 심각하다는 것을 깨닫게 되었다.

"그렇게 식량 문제가 심각한 수준인 것인가?"

윤재인 대통령은 혹시나 싶어 다시 한 번 식량 문제에 관해 물어보았다.

"단기간은 어떻게 버틸 수는 있겠지만, 장기적으로 대책이 필요한 시점입니다."

"장기 대책이 필요하다라……. 국제시장에서 들여오는 방법으로는 해결이 되지 않는 것인가?"

대통령은 혹시나 싶은 생각에 국제 곡물 시장을 언급했다.

하지만 수한의 입에서 흘러나온 이야기는 너무도 비관적인 내용이었다.

"물론 그렇게 할 수도 있겠지만, 제 생각에는 그것도 어려울 것이라 생각합니다."

"어렵다? 무엇 때문에 그런 판단을 한 것인가?"

수한의 말에 윤재인 대통령은 그 이유를 물었다.

"이번 한중 협상의 내용 때문에 그렇습니다."

"한중 협상?"

"예. 한국이 핵무기를 보유한 것에 대한 제재가 있을 것입니다."

수한은 한국이 중국과의 협상에서 핵무기 보유를 인정받은 것에 대해 제재가 있을 것이라 대답을 하였다.

"누가 그런 제재를 한다는 말이오?"

"누구겠습니까? 말로는 동맹이라고 떠드는 미국이 주도가 되어 제재를 할 것입니다."

"음……."

수한은 한국의 핵무기 보유 사실을 인정하지 않고 미국이 주도하여 경제제재를 할 것이라 언급하였다.

그리고 미국뿐 아니라 일본 또한 그런 움직임에 동조하여 더욱 강력한 제재 방안을 모색할 것이라 말을 하였다.

"우리나라는 수출에 크게 의존하는 국가입니다. 그런데 이 수출품의 핵심 부품을 일본에서 수입하고 있습니다. 그러한 상황에서 일본이 제재를 한다면 한국 경제는 심각한 타격을 입을 것입니다. 하지만 다른 쪽으로 위기를 극복할 수도 있습니다."

수한은 미국이 주축이 되어 한국에 대한 경제제재를 한다면 일본은 앞장서서 한국에 대한 제재에 동참할 것이고, 그렇게 되면 일본에 대한 무역의존도가 높은 한국으로서는 피해가 불가피하다고 역설했다.

"경제도 경제지만, 현재 전 세계의 곡물 시장을 주도하고 있는 기업 대부분이 미국에 연고를 두고 있습니다. 물론 표면적으로는 다국적기업을 표명하지만, 미국의 행보와 그리 다르지 않은 경영을 하는 것으로 보면 미국과 아주 연관이 없다고 보기 힘듭니다."

수한은 거기까지 이야기를 하고 입을 다물었다.

이야기를 듣고 심각한 표정이 된 대통령에게 생각할 시간을 주기 위해서였다.

"그러니까 정 박사의 말은 우리가 핵을 보유한 것 때문에 미국이 제재를 할 것이고, 그 과정에서 미국의 영향을 받은 곡물 메이커들이 우리에게 식량을 팔지 않을 수도 있다, 그런 말인가?"

윤재인 대통령은 고심을 하다 수한이 들려준 이야기에서 핵심을 짚어내며 그렇게 물었다.

"그렇습니다."

수한은 자신이 하고자 하는 이야기의 핵심을 바로 알아듣고 물어오는 대통령의 말에 바로 대답을 하였다.

"그렇기 때문에 우리는 자체적으로 식량을 확보해야 할 필요성이 있습니다."

식량 자급률을 높여야 한다는 수한의 말을 들은 대통령은 다시 한 번 인상을 찌푸렸다.

"그러기에는 너무 늦은 것이 아닌가?"

윤재인 대통령은 수한의 말에 물음을 던졌다.

"아닙니다. 현재 한반도 내의 식량 자급률은 극히 낮긴 하지만, 정부가 비축한 물량과 민간에서 사들이고 있는 것을 아낀다면 미국이 곡물 메이커를 동원해 제재를 한다고 해도 충분히 버틸 수 있습니다."

수한은 자신의 계획을 설명하기 전에 현재 상황을 대통령에게 객관적으로 들려주며 앞으로 자신이 실행할 사업에 대한 이야기도 늘어놓았다.

"딱 1년만 버티면 됩니다. 그 1년이 지나면 굳이 해외에서 비싼 돈을 주고 곡물을 수입할 필요가 없을 것입니다. 물론 부족한 품목이 있기야 하겠지만, 그것은 러시아를 통한다면 아무리 그들이 제재를 하려고 해도 충분히 감당할 수 있습니다."

수한은 현재 국제적으로 경제제재를 받고 있는 러시아를 언급하며 한국이 경제제재를 받았을 때의 돌파구를 대통령에게 알려주었다.

윤재인 대통령은 이야기를 듣고 있다 수한이 러시아를 언급하자 머릿속에 밝은 섬광이 번뜩이는 것을 느꼈다.

'그래, 미국이 그런 수를 쓴다고 해도 러시아를 끌어들인다면 충분히 가능성이 있는 일이야!'

자신의 말을 듣고 윤재인 대통령의 굳어졌던 표정이 풀어지는 모습에 수한은 계속해서 자신의 생각을 이야기하였다.

"러시아도 솔직히 우리가 핵을 가지는 것에 꺼리는 마음이 있을 것입니다."

"그렇게 되면 조금 전에 말한 것이 힘들지 않겠나?"

대통령은 수한이 조금 전 러시아를 끌어들여 미국이 경제 제재를 하는 것을 해결하자고 했던 것과 상반되는 말을 하자 눈을 크게 뜨며 물었다.

만약 그렇다면 러시아의 도움을 받을 수 없게 되기 때문이다.

그리고 러시아의 도움 없이는 미국의 경제제재를 풀어낼 힘이 한국에는 없었다.

그렇다고 어렵게 확보한 핵을 포기하기에는 한반도를 둘러싼 국가들의 위협이 만만치 않았다.

특히 이번에 충돌했던 중국이 가장 큰 문제였다.

만약 한국이 경제제재를 버티지 못하고 핵을 포기한다면, 중국은 분명 과거의 오욕을 씻기 위해서라도 한국을 침공할 것이 분명했다.

그러니 한국의 입장에선 생존을 위해서라도 핵을 포기할 수 없었다.

잠시 힘들더라도 어떻게든 돌파구를 마련해야만 하는 것이 현재 대한민국의 입장이었다.

그런 대한민국에게 러시아는 동아줄과 같은 존재인 셈이었다.

물론 그러한 사실을 러시아가 눈치 채기 전에 유리한 입장에서 협상을 해야 할 것이지만 말이다.

그리고 수한은 그 문제를 한 방에 해결할 카드를 알고 있었다.

"우리의 어려움을 숨기고 러시아가 먼저 달려들 수 있는 카드가 있습니다."

"그게 무엇인가?"

윤재인 대통령은 해결 방법이 있다는 수한의 말에 얼른 물었다.

그만큼 대통령으로서 조국이 처한 사정을 너무도 잘 알고 있기에 수한이 어떤 말을 하더라도 수용할 용의가 있었다.

"미국이 만약 핵무기 보유를 이유로 경제제재를 한다면, 우리는 러시아와 플라즈마 실드 발생 장치를 가지고 협상을 하면 됩니다."

"플라즈마 실드 발생 장치?"

윤재인 대통령은 고개를 갸웃거리며 다시 되물었다. 플라즈마 실드 발생 장치는 대한민국에서 전략물자로 분류되어 국외로 반출할 수 없는 품목이었다.

물론 동맹인 미국에 일부 물자를 수출하기는 했다. 때문에 다른 나라에서 자신들도 플라즈마 실드 발생 장치를 수입할 수 있게끔 구매 요청을 하고 있지만, 그래도 아직까지 한국과 미국 외에는 어느 나라에도 플라즈마 실드 발생 장치를 보유하지 못했다.

그런데 수한은 지금 전략물자인 그것을 언급하며 러시아를 끌어들이자 말하고 있었다.

"그리고 러시아 외에 영국과 프랑스에도 일정 수량 수출할 수 있다고 언급한다면, 미국이 아무리 경제제재를 부르짖어도 그 시도는 실패할 것입니다."

수한이 하고자 하는 이야기를 마무리하자 대통령으로서는 그보다 확실한 것이 없겠다는 생각이 들었다.

러시아에 이어 영국과 프랑스를 한국의 편으로 끌어들일 수만 있다면 미국의 의도는 수포로 만들 수 있었다.

아무리 미국이 강력한 외교력을 가지고 있다지만, 자국의 이익을 추구하는 영국과 프랑스에게 플라즈마 실드 발생 장치를 가지지 못하도록 강제할 수는 없는 문제였다.

만약 해당 국가에서 국익을 무시하고 미국의 요구를 들어주려는 정치인이 있다면 그 사람은 매국노로 낙인찍히고 말 것이다.

미국도 자국 군인들을 보호한다는 명목으로 특별 예산을 책정해 플라즈마 실드 발생 장치를 구매하지 않았던가. 그리고 한국도 필요에 의해 전략물자인 플라즈마 실드 발생 장치를 미국에만 수출하는 것을 승인하였다.

그러니 당연 한국이 플라즈마 실드 발생 장치를 판매하겠다 언급을 하며 달려들 나라는 부지기수로 많았다.

한국은 그중에서 자국이 처한 어려움을 해결해 줄 수 있는 나라만 선별하면 되는 것이다.

수한이 생각한 나라는 바로 러시아, 영국, 프랑스, 그리고 독일이었다.

러시아를 제외하고는 모두 미국과 동맹인 나라이긴 하지만, 자국의 이익 앞에서 그런 것은 아무런 의미가 없었다.

더욱이 한국이 핵무기를 가진다고 해서 그 나라들이 손해날 것은 아무것도 없기 때문이다.

한국이 핵무장을 한다고 해서 손해를 보는 나라는 겨우 미국 정도만이 조금 손해를 볼 뿐이지, 위에 언급한 나라들은 전혀 손해 볼 것이 없었다.

이미 UN 상임 이사국 중 미국 다음으로 강력한 중국이 한국의 핵 보유를 인정하였다.

그러니 러시아나 영국, 프랑스, 독일이 한국의 핵 보유를 인정하는 것은 그저 눈 한 번 감으면 될 일이었다.

어차피 자신들이 아니더라도 중국이 먼저 승인을 했다는 명분이 있기 때문이다.

면죄부가 이미 발급된 상태이니, 미국이 아무리 떠들어도 이들 나라는 눈 하나 깜박이지 않을 것이다.

윤재인 대통령은 그 부분에까지 생각이 미치자 입가에 저절로 미소가 그려졌다.

'그렇지. 우리나라에는 플라즈마 실드 발생 장치라는 조커가 있었지.'

플라즈마 실드 발생 장치를 떠올리자 모든 것이 쉽게 해결될 것만 같은 느낌이 들었다.

더욱이 이번 한중 압록강 교전의 결과로 인해 세계 각국은 한국이 개발한 플라즈마 실드 발생 장치의 뛰어남을 두 눈으로 목격하였다.

비록 수출되는 제품은 2기갑사단이 사용한 플라즈마 실드 발생 장치의 다운그레이드 버전이기는 하지만, 그래도 대규모 포격이 아닌 상태에서는 안전이 확보된다는 것을 눈으로 확인하였다.

그리고 소나기 같은 포격 속에서도 파괴된 장갑차는 몇 대 되지 않았기에 적절한 전술을 펼친다면 포격 속에서도 어느 정도 안전을 보장할 수도 있다는 생각을 하게 될 것이다.

"그래, 그건 그렇게 해결을 한다고 하고, 그럼 정 박사는

GREAT
KOREA
그레이트 코리아

북한 지역에서 어떤 일을 하고 싶다는 것인가?"

윤재인 대통령은 핵 문제로 인해 잠시 이야기가 옆으로 새기는 하였지만, 수한이 처음 제안을 했던 주제로 돌아가 그가 무엇을 북한 지역에서 하고 싶어 하는지 물었다.

"예, 식량 자급을 위해 대규모 농장을 운영하려 합니다. 그리고 식품 가공 공장도 큰 규모로 지을 생각입니다."

수한은 아직 개발이 덜 된 북한 지역이 남쪽처럼 개발되기 전에 대규모 농지를 확보하고 그곳에서 농사를 지을 생각이었다.

물론 북한 지역에서 농사를 지을 생각을 하게 된 것은 식량 자급률을 높이려는 목적도 있지만, 가장 큰 이유는 바로 북한 주민들 때문이었다.

그들이 자립을 하기 위해선 많은 시간과 돈이 필요하다.

하지만 전적으로 정부가 나서서 주도하기에는 너무도 어렵고, 또 불가능한 일이나 다름없었다.

대한민국 정부의 예산은 한정되어 있다. 그리고 그 한정된 예산은 전적으로 남한의 국민들이 낸 세금이기에 혹시나 북한 지역 개발에 예산이 상당수 투입되는 것에 불만을 품는 사람들도 생길 것이다.

그리고 불만을 품은 사람들이 하나둘 모이게 된다면 분명 어렵게 통일을 이루고도 남북이 또다시 분열될 수도 있었다.

이념적인 분열이 아닌 빈부 격차에 대한 분열로, 이는 크나큰 사회 문제로 작용하여 정부가 그 문제를 해결할 수 없을지도 몰랐다.

그러니 수한은 그런 문제가 발생하기 전에 북한 주민들도 어느 정도 경제적 자립이 필요하다 생각해 그들이 가장 접하기 쉬운 일인 1차 산업에 투자를 하려는 것이었다.

"평양평야와 안주평야를 제가 개발하고 싶습니다. 이 두 곳만 제대로 개발한다면 우리 민족이 소비하기에 충분한 농산물을 생산할 수 있을 것입니다. 그리고 부족한 품목은 러시아나 다른 나라에서 수입한다면, 굳이 대형 곡물 메이커에 휘둘리지 않고도 충분히 자립할 수 있습니다."

수한은 자신의 생각을 그대로 대통령에게 말했다.

그런데 사실 윤재인 대통령은 수한이 이렇게 엄청난 땅을 요구할 줄은 미처 생각지 못했다.

물론 식량 자립을 언급했을 때 대규모 땅이 필요하겠다고 생각은 했지만, 이렇게나 엄청난 넓이의 땅을 요구할지는 상상하지 못했던 것이다.

하지만 이야기를 듣고 보니 그런 대로 이해가 갔다. 외국의 대형 농산물 메이커들의 횡포를 피하기 위해선 어느 정도 규모가 있어야 했다.

한참을 고민한 윤재인 대통령은 수한의 눈을 잠시 들여다보았다.

사실 현대 사회에서 권력을 가지는 데 가장 힘이 되는 것 몇 가지가 있는데, 그중에는 식량도 포함이 되었다.

국가가 성장하기 위해서는 에너지 사업과 산업에 필요한 희토류 같은 지하자원도 중요하지만, 식량의 존재 또한 결코 무시할 수 없는 품목이었다.

그런데 이 중요한 식량의 가격을 조절하는 것은 국제기구가 아닌, 일부 기업이 좌지우지하고 있는 상황이었다.

한국도 1970년대 이들 농산물 메이커들의 농간에 큰 위기를 겪은 적이 있었다.

콩의 가격을 가지고 장난을 친 곡물 메이커들은 이때 상당한 돈을 벌었지만, 이들 때문에 가축 사료인 콩을 수입하지 못해 죽어간 가축들이 부지기수였으며, 그 때문에 가축 사육 농가들은 상당한 피해를 입었다.

그리고 연쇄 작용으로 농가 부채가 높아지자 소비자들의 소비 욕구가 줄어들어 공산품의 판매가 줄어들었다. 또 공산품의 판매가 줄어들자 이번에는 서민 가계에 문제가 발생

하였다.

경제란 것은 톱니바퀴처럼 모든 요소가 유기적으로 잘 맞물려 돌아가야 하는 것이다.

하지만 한 곳에서 삐끗하는 바람에 톱니바퀴 같은 경제 체계가 원활히 돌아가지 못하고 문제가 발생하고 말았다.

그러한 현상은 비단 대한민국만의 일은 아니었다. 아프리카 대륙에서는 이때 식량을 수입하지 못해 엄청난 수의 난민이 발생했으며, 그중에는 기나긴 굶주림 때문에 아사자(餓死者)가 발생하였다.

때문에 그러한 일을 사전에 방지하기 위해 수한이 발 벗고 나선 것이었다.

대통령은 수한의 요구에 깊은 고심을 하였다. 개인에게 허가를 해주기에는 너무도 큰 혜택이란 생각이 들었기 때문이다.

하지만 그렇다고 들어주지 않을 수도 없었다. 조금 전에도 언급을 했듯 대한민국이 살아남기 위해선 구 북한으로부터 확보한 핵무기가 절대적으로 필요했다.

그리고 그런 핵무기 보유를 확실하게 보장해 줄 수 있는 카드를 제공하는 것이 바로 수한이었다.

그런 생각을 하다 보니 수한의 요구가 그다지 특혜라고는 보이지 않게 되었다.

살아남기 위해선 어차피 들어줘야 할 일이란 생각이 들었다.

핵무기 보유를 외국으로부터 인정을 받는 문제뿐만이 아니라 수한의 말처럼 식량 주권을 갖기 위해선 어쩔 수 없는 일이었다.

식량 주권을 잃고 국민을 기아로 몰고 간 아프리카 나라들을 반면교사(反面敎師) 삼아 대한민국은 절대로 그러한 처지가 되지 않기 위해 어떻게든 식량 주권을 스스로 가져야 한다는 생각이 들자 수한의 제안이 결코 나쁘지 않게 들렸다.

"알겠네. 내 주무 장관들과 논의를 하겠지만, 정 박사의 말을 수용해 최대한 정 박사의 요구를 들어주겠네."

고심을 거듭한 윤재인 대통령은 수한의 말에 긍정적으로 대답을 하였다.

물론 아무리 대통령이라 하지만 독단적으로 판단을 하고 개인이나 기업에 땅을 불하할 수는 없는 일이다.

하지만 수한이 하려고 하는 일이 결코 개인의 사욕을 위한 제안이 아니란 생각이 들자 이를 긍정적으로 검토하기로 하였다.

"감사합니다."

"아직 결정이 난 것은 아닐세."

"굳이 제가 이 일을 하지 않아도 되지만, 국가의 미래를 위해서는 꼭 필요한 일이니 잘 좀 검토해 주시기 바랍니다."

솔직히 지금의 제안을 정부에서 들어주면 좋고, 누군가 그 일을 한다면 굳이 자신이 아니라도 상관이 없다는 생각을 하고 있는 수한이었다.

수한의 말에 대통령은 다시 한 번 감동을 느꼈다.

젊은 사람의 생각이 너무도 깊었다. 윤재인 대통령은 수한을 잠시 쳐다보며 생각에 잠겼다. 자신이 알고 있는 사람, 아니, 자신의 주변에 있는 사람들 중에 이처럼 생각이 깊고 나라와 민족의 미래를 생각하는 이가 얼마나 있을 것이며, 몸소 실천을 하는 이가 또 얼마나 있을 것인가 하는 생각을.

3.
지킴이 PMC

삑! 삑!

"줄 똑바로 맞추라!"

끝없이 펼쳐진 넓은 평야.

이미 가을걷이가 끝난 뒤였지만, 사람들은 밭에 나와 일을 하고 있었다.

그런데 특이한 것은 중장비를 운전하는 것은 여자들이고, 삽과 곡괭이를 들고 맨몸으로 일을 하는 것은 남자들이었다.

하지만 이곳이 북한 지역이라면 이해가 가는 모습이었다.

아무튼 통일이 된 지는 얼마 지나지 않았지만, 언제 그랬냐는 듯 북한 지역 주민들은 안정을 찾았다.

하지만 아직 체제가 바뀐 것에 잘 적응을 하지 못해서 그런지, 어떠한 일을 할 때도 능동적으로 행동을 하는 것이 아니라 누군가 지시를 해줘야만 움직이고 있었다.

물론 시간이 지나면 차차 나아지겠지만, 아직까지는 그런 수동적인 북한 주민들 때문에 북한 지역 발전에 투자를 한 기업들의 애로 사항이 많았다.

북한 주민들이 열심히 일을 하고 있을 때, 그러한 모습을 한쪽에서 지켜보는 사람들이 있었다.

"박사님, 그런데 가능하겠습니까?"

재정경제부에서 나온 사무관은 수한의 옆에 서서 들녘에서 일을 하고 있는 북한 주민들을 바라보며 물었다.

수한은 식량 자원을 확보하기 위해 곡물 회사를 설립하고, 정부에 농사를 지을 토지를 불하 신청을 하였다.

일반적이라면 가능하지 않았을 일이지만, 한반도를 통일한 대한민국 정부의 입장에서는 두 손 들어 환영할 일이었다. 낙후된 북한 지역을 발전시키기 위한 예산이 부족한 상황에서 국내 기업들의 참여는 많은 도움이 되기 때문이었다.

거기다 북한 지역 발전에 투자한 기업들은 모두 자신들이 이윤이 되는 곳에만 투자를 하고 있었다.

1차 산업인 농사에 관한 투자를 하는 기업은 어디도 없던 것이다.

수한은 현재 이루어지고 있는 기업들의 투자로는 어려운 형편의 북한 주민들에게 직접적인 혜택이 돌아가기 어렵다고 생각을 하였다.

그래서 생각한 것이 부족한 식량도 해결하면서 대한민국의 식량 자급률도 높이고, 또 일이 없는 북한 주민들에게 일감을 줘 북한 지역의 경제가 돌아가게 하려는 생각에 이런 사업을 시작한 것이었다.

사실 수한도 필요해서 대통령을 찾아가 제안을 하였지만, 이렇게 전격적으로 허가가 떨어질 줄은 수한 본인도 미처 예상하지 못했다.

원래 이런 일은 부처 간에 협의하는 것만으로도 시간이 걸리고, 또 국회에서도 특혜 시비를 가리느라 올해 안에는 허가가 나지 않을 것이라 생각했는데, 뜻밖에도 수한이 제안을 하고 간 지 1주일도 되지 않아 정부에서 허가가 떨어졌다.

북한 경제를 활성화시킨다는 이유를 들어 찬성한 재정경제부와 식량 자급률 확보라는 점을 내세운 농림수산부의 적

극적인 지지로 수한이 요청한 토지를 무난하게 불하받게 된 것이다.

다만, 수한이 제대로 사업을 하는지 확인하기 위해 정부에서는 사무관을 파견하였다.

그래서 이렇게 수한이 토지 정지 작업을 하는 것을 함께 지켜보고 있는 것이었다.

"예. 이 속도로 정지 작업을 한다면 내년 즈음에는 정상적으로 농사를 지을 수 있을 것입니다."

수한의 이야기를 들은 사무관은 고개를 갸웃거렸다.

지금 눈앞에서 하고 있는 정지 작업을 하지 않더라도 이 땅에 농사를 지을 수는 있었다.

그렇다면 지금 쓸데없이 막대한 예산을 들여 정지 작업을 하는 걸 수도 있었다.

사무관은 멀쩡한 땅에 정지 작업을 한답시고 막대한 돈을 허비하는 것 같아 과연 효율이 있을지 의문이 들었다.

"굳이 저런 작업이 필요한 것입니까?"

사무관은 지금 눈앞에서 벌어지는 일이 그리 효율적으로 보이지 않아 그리 물었다.

하지만 수한은 농지를 기계식 농법으로 이용할 계획이기에 자신이 불하받은 북한 지역의 농지들을 정비하는 것이었다.

북한에서도 잘 정비되어 있는 평양평야와 안주평야지만, 수한이 계획한 것에 비하면 효율이 떨어졌다.

그렇기에 효율을 높이기 위해 정비가 필요해 농번기가 되기 전에 작업을 시작하는 것이었다.

더욱이 현재 일거리가 없는 것이 북한 주민들의 현실이라 작업에 필요한 사람을 구하는 것은 무척이나 쉬웠다.

비록 경제 사정이 어렵기는 하지만 북한 주민들에게도 필요한 것이 있었다.

그런 것들을 구입하기 위해선 돈이 있어야 하는데, 통일이 되면서 기존의 북한 화폐는 사용할 수가 없었다.

그 때문에 일부 북한 주민들의 불만 제기가 있었지만, 어차피 돈을 가지고 있던 사람들은 기존의 기득권층들이었기에 정부는 형평성을 이유로 그들의 불만을 무시하였다.

정부의 냉정한 대처에 작은 소란이 일기는 하였지만, 다른 주민들도 그들의 주장에 전혀 동조하지 않았기에 그들의 불만은 찻잔 속의 태풍으로 끝이 났다.

아무튼 북한 주민들도 먹고살기 위해선 돈을 벌어야 했고, 북한 지역에 진출한 기업은 아직 얼마 되지 않았기에 현재 북한 지역에서는 돈이 나올 곳이 별로 없었다.

그러한 때에 수한이 대단위 농장을 건설한다는 소문이 퍼지면서 많은 주민들이 수한의 회사로 찾아왔다.

남쪽보다 낮은 인건비지만 예전 북한 정부가 있을 때와 비교하면 배는 넘어가는 일당이었기에 북한 주민들은 수한의 농장에서 일하는 것을 좋아하였다.

더욱이 아침과 점심은 물론이고, 중간에 아침참과 3시 즈음에 나오는 오후 참은 사람들이 농장으로 모이게 만드는 중요한 역할을 해주었다.

사람들이 모이다 보니 농장 조성은 탄력을 받아 빠르게 진행되었다.

그 때문에 주민들은 너무 빨리 일거리가 끝나면 어떡하나 하는 걱정을 하기도 하였지만, 어찌 되었든 현재 진행되는 일은 수한이 계획한 대로 진행되어 갔다.

"제 계획은 지금까지 해오던 주먹구구식 농사가 아닙니다. 다국적 곡물 메이커들처럼 대단위 농법을 지향할 것입니다. 그러기 위해선 예전과 같은 농지로는 애로 사항이 있습니다. 그래서 대단위 농법에 맞게 토지를 정비하는 것입니다."

수한의 설명을 들은 사무관은 그제야 지금 하고 있는 일이 무엇 때문에 벌어지고 있는지 깨달았다.

"그건 그렇다고 하고, 그럼 이곳에는 어떤 작물을 심을 생각입니까? 지금 보니 농지도 있고, 또 밭도 있고……."

정부에서 나온 사무관이 살펴보기에 지금 정비를 하는 곳에는 밭도 있긴 하지만, 벼를 재배할 수 있는 논이 대다수를 차지하고 있었다.

비록 평양평야에 대동강이 있다고는 하지만, 이 넓은 평야에 논농사를 짓기 위해 물을 대기에는 수량이 부족해 보였기에 물은 것이었다.

"그건 걱정하지 않으셔도 됩니다. 저희 뉴 라이프 연구소에서 오래전부터 연구를 해 추위와 병충해는 물론이고, 기존에 벼농사보다 적은 수량에서도 잘 자라는 벼 종자를 발견하였습니다."

수한은 사무관의 우려에 자신이 그동안 이번 일을 위해 준비한 것에 대하여 설명을 하였는데, 수한이 들고 나온 것은 바로 신품종 벼였다.

기존 벼보다 추위에도 강한 품종.

사실 북한 지역의 농지는 헐벗어 가뭄이 극심했다.

비록 평야 옆으로 강이 흐른다고는 해도 대동강의 수량은 많지 않았는데, 물이 적은 갈수기였기에 현재 대동강의 수심은 그리 깊지 않았다.

수한도 그런 북한의 기후와 토질을 잘 알고 있기에 농사를 짓기 위해선 많은 준비가 필요하다는 것을 잘 알고 있었다.

남쪽보다 기후도 좋지 못하고, 또 농사에 필요한 물도 부족하다는 것을 잘 알고 있었기에 이곳에 맞는 신품종을 개발해 가져온 것이다.

뉴 라이프 연구소에서는 많은 것들이 개발되고 있었는데, 그중에는 농업에 관한 것도 있었다.

식량도 무기가 될 수 있는 세상이다. 그러니 수한이 대주주로 있는 뉴 라이프 그룹 산하 연구소에는 각종 종자를 연구하는 파트가 있었다.

농작물이라고 무턱대고 재배를 할 수 있는 것이 아니었다.

종자에도 특허가 있어 종자를 이용해 농사를 지으려면 특허료를 내야만 한다.

다국적 곡물 메이커들은 세계 각국에서 재배하고 있는 농작물에 대한 특허를 가지고 있었다.

때문에 수한은 특허가 있는 농작물을 재배하여 다국적 곡물 메이커들의 배를 불려줄 생각이 없었다.

막말로 식량 자급률을 높이기 위해 북한 지역에 대규모

농장을 만든 것인데, 그들 곡물 메이커가 특허를 가지고 있는 농작물을 재배한다는 것은 그들에게 예속되겠다는 말이나 다름없기 때문이다.

수한은 그래서 자신이 가지고 있는 연구소에서 종자를 개량하여 새로운 작물을 개발하였고, 모두 특허를 받았다.

그리고 이제 북한 지역에 조성하는 농지들은 용도에 맞는 작물들을 심어 재배를 할 것이다.

벼농사를 지을 수 있는 곳과 보리나 감자, 옥수수 등 각종 작물을 나눠서 심을 예정인데, 당장의 목표는 조금 늦기는 했지만 가을보리를 심는 것이었다.

비록 아직 정지 작업을 하느라 모든 밭에 보리를 뿌릴 수는 없겠지만, 그래도 상당량 수확을 할 수 있을 것으로 보였다.

수한과 사무관 일행이 작업을 지켜보고 있을 때, 저 멀리서 트럭 한 대가 다가와 작업을 하는 사람들을 불러 모았다.

작업장에 들어선 트럭에서 뭔가 내리는 모습이 보였는데, 그것은 바로 오후 참으로 나온 부식이었다.

부식은 라면이었는데, 라면의 얼큰한 국물은 북한 주민들도 무척이나 좋아하였다.

수한과 사무관들은 오후 참을 먹는 일꾼들을 보다 자리를 떠났다.

북한에 대규모 농장을 조성하는 작업이 순조롭게 진행되고 있음을 확인한 정부 사무관은 돌아가 그대로 보고를 할 것이다.

덜컹!

평양평야에 조성되고 있는 농지를 둘러보고 온 수한은 바로 퇴근을 하지 않고 평양시 외각에 있는 또 다른 사업장에 들렀다.

이곳은 구 북한군 출신들을 모집해 운용 중인 PMC였다.

정부는 통일이 되고 북한군 특수부대에 대한 처리를 어떻게 해야 할지 고민했다.

20만이 넘어가는 엄청난 숫자의 북한 특수부대원들은 사실 대한민국 정부 입장에서는 계륵(鷄肋)과도 같은 존재였다.

보유하고 있으면 강력한 힘이 될 수 있겠지만, 정부를 고심하게 한 이유는 다른 데 있었다.

그들을 전적으로 믿을 수 없다는 사실이었다.

그들 특수부대원들뿐 아니라 일반적인 구 북한 군인들도 마찬가지였다.

장장 70여 년을 총부리를 대고 대립을 했을 뿐 아니라 얼마 전에는 전쟁 직전까지 직면했었다.

다행히 극적으로 통일이 되면서 무력 충돌이 일어나진 않았지만, 그때를 생각하면 현재 남아 있는 구 북한 군인들도 완전히 믿을 수는 없어 전역을 시키는 중이다.

그러니 구 북한 특수부대원은 어떻겠는가. 막말로 구 북한군 특수부대원의 훈련 동영상은 인터넷을 보면 잘 알 수 있다.

정말이지 인간으로서는 감히 상상도 못할 훈련을 하는 그들의 모습을 볼 수 있을 것이다.

맨몸으로 유리 조각 위를 뒹굴고, 여러 사람들 사이에서 몽둥이로 단련을 받는가 하면 10m 거리에서 던지는 단검을 피하는 훈련이라든가, 아무런 장비도 갖추지 않고 절벽을 오르는 등 하나같이 인간의 한계를 벗어난 훈련들이었다.

도중에 목숨을 잃기도 하지만 구 북한군 특수부대는 그러한 훈련을 무사히 넘긴 이들만이 모인 최정예 부대였다.

그러니 그들의 악명은 전 세계에서도 높았다. 예전의 북한 정부는 그러한 특수부대원을 이슬람 테러 단체의 훈련 교관으로 파견해 외화를 벌기도 하였다.

아무튼 계륵과 같은 북한군 출신 특수부대원들에 대한 처우를 생각하니 정부로서도 골치가 아팠다.

그런데 수한이 PMC를 만들어 치안이 불안정한 북한 지역에서 사업을 하는 데 활용을 한다고 하니 정부로서는 불감청 고소원(不敢請 固所願)이었다.

정부의 고심을 민간에서 알아서 살펴주니, 정말이지 정부로서는 수한의 행보가 너무너무 기꺼웠다.

그렇다고 수한이 전적으로 퍼주기만을 하는 것은 아니었다.

다 필요해서 그런 제안을 정부에 했던 것뿐이다.

불안한 북한 지역 치안 상태를 생각하면 이곳에서 일을 할 직원들의 안전이 여간 신경 쓰이는 것이 아니었다.

더욱이 북한 지역에는 자신의 말만 듣고 어려운 주민들을 돕기 위해 들어온 한빛 재단과 라이프 재단 사람들이 있지 않은가. 더더군다나 라이프 재단은 자신이 설립하였지만, 이사장으로 활동하는 사람은 양모인 최성희였다.

수한에게 그녀는 아버지와 어머니, 그리고 누나와 함께 이 세상에서 가장 중요한 사람이었다.

아버지와 어머니, 그리고 누나는 천륜으로 묶인 가족이고, 최성희는 아기인 자신을 지금까지 키워준 생명의 은인이자 인륜으로 묶인 가족이다.

수한은 인식하고 있지 않지만, 본인이 가족이라 생각하는 범위는 그렇게 좁았다.

천하 그룹 회장인 정대한 회장이나 큰아버지 정명국이나 둘째 백부 정명환 등 친척들은 수한이 생각하는 가족의 범위에 들어가지 않았다.

그저 할아버지나 아버지의 형제 정도로 인식을 하고 있을 뿐, 자신이 보호해야 할 존재로는 인식하지 않는 것이었다.

이런 인식의 범위는 무척이나 중요한 것으로, 사실 친척들은 수한에게 인식되는 순위에서 그의 누나인 정수정이 속한 파이브 돌스 멤버들보다 못했다.

그것은 수한이 처음 라이프 메디텍 보안대를 구성했을 때, 가족의 안전을 위해 경호원으로 그들을 파견한 것만 봐도 알 수 있었다.

친부모와 양모인 최성희를 위해 보안대를 경호원으로 파견하였고, 또 누나 정수정이 속한 파이브 돌스에도 그들을 파견하였다.

하지만 할아버지인 정대한이나 큰아버지, 그리고 둘째 백부의 가족을 위해선 전혀 경호원을 파견하지 않았다.

그것만 봐도 수한 자신이 보호해야 하는 인식의 범위 밖이라는 것을 알 수 있었다.

즉, 수한에게 가족보단 멀고 남보다는 가까운, 그런 존재가 할아버지와 친척들이었다.

물론 친척들이 위험에 처한다면 당연 나서서 지켜주겠지만, 아직까지 그들이 위험에 처할 만한 상황이 닥칠 것이란 생각은 들지 않기에 아직 인식하지 못하는 것일 수도 있었다.

아무튼 수한은 아직 치안이 불안정한 곳에 사람들을 불러들였으니 그들의 안전도 보장을 해줘야만 했다.

지킴이 수장으로서의 사명감이 아니라, 자신이 벌인 일에 그들을 참여시켰으니 당연하다 생각하는 것이다.

형편이 열악한 지역에서 사명감을 가지고 열심히 일하는 이들을 위해서라도 수한은 자신이 가진 것을 아끼지 않고 활용하였다.

돈이란 것은 있다가도 없고, 또 없다가도 생기는 신외지물(身外之物)이란 사실을 양할아버지 혜원으로부터 들었기에 그대로 실천을 하는 것이다.

수한은 라이프 메디텍과 천하 컨소시엄에서 수석 연구원

으로 일을 하며 벌어들인 돈과 가지고 있는 각종 특허의 사용료를 모두 이번 북한 지역에 투입하였다.

빠른 시일 내에 북한 지역이 남쪽에 버금갈 정도로 활성화가 되어야 외부의 부침을 당하지 않고 홀로 설수 있다고 생각하기 때문이었다.

북한 지역에 설립한 PMC는 사전에 정부의 허가를 받았기에 수한은 자신이 불하 받은 지역의 경비를 그들에게 맡길 생각이었다.

인근에 군부대가 있기는 하지만 군인들도 사실 이곳에서 안전하다고 볼 수는 없는 처지였다.

막말로 통일은 되었지만 아직 일부 군 장성들은 구 북한 군들을 믿지 못하고 그들에게 총기류를 일절 내주지 않았다.

그런 처사가 나중에 어떤 결과로 이어질지 모르겠지만, 수한이 생각하기에 그런 대우가 절대 좋은 결과를 만들지는 못할 것이라 생각하였다.

그랬기에 자신의 품에 있는 이들이라도 안전하게 지키기 위해 무리를 해가며 PMC를 꾸린 것이었다.

수한이 PMC를 꾸리기 위해 정부에 많은 것을 양보했다는 것은 아무도 몰랐다.

정대한 회장도 어떻게 해서 PMC에 관해 일절 허가를 하지 않던 정부가 수한에게 허가를 내줬는지 알지 못했다.

하지만 알고 보면 웃지 못할 일이 이면에 있었다. 정부는 그냥 앉아서 엄청난 예산을 줄이면서 서류 한 장에 도장만 찍고 많은 이득을 본 것이다.

골치 아픈 구 북한 특수부대 출신들을 전역시키는 문제부터 수한의 회사에 취직한 그들이 사고를 치면 사후 책임을 진다는 약정서를 쓰기까지 하였다.

그로써 정부는 몇 배 늘어난 국방비를 절약할 수 있었으며, 사회에 풀어놓으면 사회 불안 요소로 자리할지 모르는 구 북한 군인들을 상당수 줄일 수 있었다.

뿐만 아니라 가장 중요한 플라즈마 실드 발생 장치를 탑재한 신형 전차(백호)를 100대나 무상으로 받기로 하였다.

아니, 계약되어 있는 백호 중 100대 분량의 값을 수한이 대신 치르기로 한 것이다.

덕분에 압록강 교전 승리의 주역인 백호를 추가로 100대 더 구입할 수 있게 되었다.

이는 앞으로 5년 뒤, 중국으로부터 동북 3성을 할양 받기로 한 정부의 입장에선 매우 환영할 만한 일이었다.

동북 3성을 할양 받게 된다면 국경선은 지금보다 더 엄청나게 길어질 예정인데, 현재 군의 장비로는 모든 국경을 지켜내지 못할 터였다.

현재 군은 그 문제로 따로 태스크포스 팀이 구성되어 연구를 하는 중이었다.

급작스런 통일로 현재 군은 해야 할 일이 무척이나 많은 상태였다.

그런데 한중 교전 합의로 5년 뒤에는 그렇게 열망하던 고토를 회복할 수 있기까지 했다.

때문에 할 일이 많은 군 당국으로서는 그 성과가 썩 달갑지만은 않았다.

그나마 수한으로부터 PMC 허가를 조건으로 군에서 원하여 마지않는 최신형 무기(백호)를 100대나 지원해 주니 참고 넘어간 것이었다.

아무튼 수한은 지금 자신이 어렵게 허가를 받아 설립한 PMC 지킴이에서 서류를 확인하고 있었다.

수한은 자신이 설립한 PMC의 상호를 지킴이라 지었다.

그 이유는 자신이 수장으로 있는 단체인 지킴이의 설립 목적과 PMC의 목적이 같았기 때문이다.

수한이 가족과 자신을 따르는 사람을 지키기 위해 설립한 회사가 바로 지킴이였다.

더욱이 비밀 단체이기에 지킴이는 수면 위로 나올 수 없으니, 자신이 설립한 PMC가 그 이름을 사용한다고 해서 누가 터치를 하지 않을 것이기 때문이기도 했다.

이름이 같다 보니 수한은 더욱 그 이름에 애착이 갔다.

어려서부터 혜원으로부터 지킴이에 대한 이야기를 들으며 성장한 수한이었다.

지킴이의 연원부터 시작해 지킴이가 이 땅에 등장하게 된 배경, 그리고 그들이 아무런 이득도 없는 지킴이 회원으로서 의무를 수행했던 이야기 등을 들으며 수한은 마음속에 다짐한 것이 있었다.

똑! 똑! 똑!

수한이 서류를 보며 이런저런 생각을 하고 있을 때, 사무실 밖에서 노크 소리가 들렸다.

"들어와요."

덜컹!

수한이 말을 하기 무섭게 사무실 문이 열리고 누군가 안으로 들어왔다.

"오셨다는 이야기 듣고 왔습니다."

사무실 안으로 들어온 사람은 다름 아닌, 라이프 메디텍의 보안대 부장 리철명이었다.

아니, 이곳 지킴이 PMC의 부사장으로 이직을 하였으니 리철명 부사장이었다.

수한은 지킴이 PMC를 차리면서 자신을 대신해 믿을 만한 사람을 책임자로 앉혀야 했다.

어차피 자신은 라이프 메디텍의 신제품 연구나 천하 컨소시엄의 수석 연구원으로서 새로운 무기들을 연구해야만 했다.

그러다 보면 이곳의 일에 많은 신경을 쓸 수가 없었다.

특히나 앞으로 주변국과 대한민국과의 관계를 생각하면 더욱 연구에 매진을 해야만 했다.

정말이지, 해야 할 일이 한두 가지가 아니어서 무척이나 피곤한 상태였다.

그 때문에 때로는 모든 것을 잊고 어디 아무도 없는 무인도에서 마법만 연구하고 싶은 생각에 빠지기도 했다.

어찌 되었든 수한의 본질은 마법사이기 때문이다.

전생에도 그렇고, 현생에도 그렇지만 수한의 근본은 마법사였다. 마법을 근간으로 현생의 과학을 접목해 9클래스의 경지에 들었다.

물론 전생의 마지막 순간에 9클래스로 들어가는 약간의 깨달음을 얻고 환생을 했기에 그런 것이기는 하지만, 어찌 되었든 수한 본인은 자신을 마법사라 정의하고 있었다.

그러니 때때로 모든 것을 잊고 마법만 연구를 해 창조 마법이라는 10클래스를 넘보고 싶었다.

그렇지만 수한은 그럴 수가 없었다. 그 이유는 바로 그가 전생에서 죽음에 이르면서 했던 마법사의 맹세 때문이다.

마법사의 맹세란 것은 그 존재를 걸고 하는 맹세로, 단순히 말로만 떠드는 것이 아닌 영혼에 새기는 행위다.

그러니 맹세를 부정한다는 것은 본인 스스로를 부정하는 것이고, 마법사인 수한이 맹세를 어긴다는 마법사로서의 자신을 부정하는 행위였다.

그렇기 때문에 수한은 자신의 맹세를 죽는 순간까지 지켜야만 한다.

원칙대로라면 전생에 제로미스(수한)가 죽으면서 맹세는 종료되어야만 했다.

하지만 어떻게 된 일인지 맹세가 종료되지 않고 리셋이 되어버렸다.

그 이유는 환생을 하는 과정에서 특이하게도 수한이 제로미스로서의 기억을 잊지 않았기 때문이다.

즉, 제로미스가 죽으면서 워프 게이트의 이상 작용으로 인해 태아인 수한의 몸에 영혼 전이가 되어버린 것이다.

물론 그것 또한 수한이 9클래스 마스터가 되면서 유추한 추론일 뿐이지만.

"어서 와요. 그런데 무슨 일로 찾아온 것이지요?"

수한은 생각을 접고 자신을 찾아와 인사를 하는 리철명을 보며 물었다.

리철명은 잠시 수한의 뒤에 자리하고 있는 김갑돌을 돌아보다 대답을 하였다.

"아, 예. 오셨다는 이야기를 듣고, 일단 그동안 회사에 발생한 일들을 보고하기 위해섭니다."

리철명이 김갑돌을 돌아본 이유는 다름이 아니라 자신이 새로운 회사로 자리를 옮기면서 김갑돌과 잠시 소원해진 감이 있기 때문이었다.

개인적으로는 처남매부지간이고, 또 얼마 전까지만 해도 같은 직장에 같은 직급으로 있던 동료이기도 했다.

그런데 처음 수한이 북한 지역에 민간 군사 기업(PMC)를 만든다고 했을 때, 둘 중 한 명은 그곳으로 가야 하기에 둘은 많은 이야기를 나눴다.

그리고 아직 어린 자식이 있는 김갑돌보단 자식이 모두 장성한 자신이 이북으로 오는 것이 나을 것이라 판단해 자원을 했다.

하지만 은인인 수한의 곁에 남아 있었더라면…… 하는 생각에 수한의 뒤에 있던 김갑돌을 돌아본 것이었다.

"보고드리겠습니다."

"그래요."

리철명은 수한을 쳐다보며 그동안 지킴이 PMC에 있었던 일을 보고하였다.

"현재 저희 지킴이는 박사님의 지시대로 구 북한군 출신이면 일단 가리지 않고 받고 있습니다."

수한은 리철명의 보고를 들으며 고개를 끄덕였다.

원래는 특수부대 출신 북한 군인들만 받을 계획이었지만, 일부 북한군 중에서 전역을 하는 이들이 발생하였다.

갑작스런 체제 변화에 적응을 하지 못하고 불안한 마음에 전역을 한 것이다.

또 전에 떠돌았던, 한국군이 들어오면 군인들을 모두 죽인다는 유언비어 때문이기도 했다.

아무튼 그런 이유로 군에서 전역한 구 북한 군인들이 사회문제가 되는 것은 시간문제였다.

막말로 그들이 전역을 한다고 해서 뚜렷하게 살길이 있는 것도 아니었다.

비록 잘 먹지를 못해 체격 등이 대한민국 평균에는 미치지 못하지만, 그래도 다년간 군 생활을 하던 이들이다.

한데 만약 그들이 사회에 불만을 느끼고 집단행동을 한다면 일반적인 데모 수준을 뛰어넘는, 무척이나 위험한 일이 발생할 수도 있다.

일반 대학생이 시위를 해도 화염병이나 투석이 나오는데, 군 출신들이 대거 집단행동을 한다면 얼마나 큰 소요가 일겠는가.

이는 상황이 닥치지 않더라도 뻔히 알 수 있는 일이다.

그 때문에 수한은 특수부대 출신이 아니더라도 구 북한군 출신자가 신청을 하면 받으라는 조치를 내려두었다.

물론 그렇게 받아들인 군 출신자들을 모두 취업시킨 것은 아니었다.

자체적으로 훈련과 시험을 통해 기준을 통과한 이들만 정규직으로 취업을 하였다.

물론 시험에 탈락하더라도 일반 회사 경비로 취직을 시키기는 했지만, 일단 월급에서부터 차이가 있기에 회사에 지원한 사람들은 어떻게든 정직원이 되기 위해 이를 악물고 훈련에 임했다.

"특수부대 출신 중 시험에 통과한 이들은 1,200명이고, 일반 군부대 출신 중에서도 20명이 1차 시험을 통과했습니다."

리철명은 우선 1차 시험을 통과한 이들에 대해여 언급했다.

1차 시험이란 것은 가장 기본이 되는 체력 테스트로, 지원자들의 상태를 알아보기 위해 리철명은 자신들이 오래전 SA부대와 함께했던 유격 훈련을 지원자들의 체력 테스트에 활용하였다.

그 과정에서 생각보다 많은 이들이 탈락을 하였다.

겨우 1차 테스트인데도 특수부대 출신들이 대거 탈락하자 리철명은 그동안 북한의 사정이 얼마나 어려웠는지 새삼 깨달을 수 있었다.

북한에서 특수부대라 하면 가장 많은 지원을 받는 부대였다.

아무리 심각한 경제 위기를 겪어도 선군 정치를 펼치는 북한 지도자는 군에 대한 지원을 끊지 않았다.

그중에서도 특수부대에는 더 많은 지원을 했다.

그런데 그런 특수부대원들이 남쪽 군인들이 하는 훈련을 통과하지 못하고 탈락하는 것을 보며 깜짝 놀란 것이다.

리철명 본인도 특수부대 출신이고, 또 자신의 부하들도 특수부대 출신이었다.

한데 탈락한 자들 중에는 그가 있던 부대 출신도 있어 리철명을 더욱 놀라게 하였다.

북한 특수부대 중에서 최고라는 양강도 출신은 아니지만, 그래도 당당히 상위에 속하는 부대였다.

그리고 사실 지원자들 중에서 특수부대원 출신이라고 말한 이들 대부분이 피죽도 못 먹었는지 처음에는 특수부대 출신이란 사실 자체를 믿을 수가 없었다.

아무튼 리철명은 1차 테스트 통과한 사람들을 보고하였다.

"그럼 탈락자들은 따로 분류를 하고 있는 것이지요?"

"예, 그렇습네다. 그들은 지시대로 따로 분류해 일반 경비원으로 교육을 시키고 있습네다."

특수부대 출신 중 테스트에 통과한 이들은 PMC로서 교육과 훈련을 받을 것이다.

그리고 모든 훈련 과정을 수료한다면 지킴이의 정식 직원으로 취직되어 라이프 메디텍 보안대처럼 특수 장비를 지급받아 지정된 곳에서 근무를 할 것이다.

그러다 필요하다면 특수 임무를 받아 투입이 될 것이다.

그 특수 임무란 북한 지역 사업장에서 소요를 일으키는 이들을 제압한다거나 테러를 하려는 이들, 또는 테러리스트를 잡아들이는 일을 의미했다.

아무튼 아직 초기라 많은 이들이 지원하고 있지는 않지만 수한의 계획은 최소 5만 명까지 수용할 예정이었다.

그렇게 전력을 꾸리게 된다면 해외로도 사업 영역을 넓힐 계획까지 세우고 있었다.

물론 그건 나중의 일이지만, 수한은 지킴이 PMC 내에 육, 해, 공, 삼군은 물론이고, 특수 임무를 맡는 부서도 만들 생각이었다.

수한이 이렇게 크게 PMC를 만들려는 데는 북한 지역의 특수성을 활용해 자신이 개발한 무기를 직접 테스트를 하려는 목적도 있었다.

현재 수한이 수석 연구원으로 있는 천하 컨소시엄은 조만간 해체가 될 예정이기 때문이다.

원래 천하 컨소시엄의 목적은 신형 전차(백호)의 개발을 목적으로 천하 디펜스를 비롯한 여러 회사가 공동으로 출자해 만든 임시 회사였다.

그러던 것이 신형 전차가 완성되고 정식 명칭인 K—3 백호라는 이름을 획득하였다.

원래라면 백호가 완성되고 컨소시엄은 종료가 되어야 했지만, 수한이 컨소시엄에 참여하면서 개발한 플라즈마 실드 발생 장치를 둘러싸고 조금 복잡한 문제가 발생하였다.

원 개발자는 수한이지만 컨소시엄의 수석 연구원으로 참여하던 도중에 개발했기에 컨소시엄에 참여한 일부 회사에서 욕심을 냈던 것이다.

그 문제로 소송이 몇 번 오가긴 했지만 플라즈마 실드 발생 장치는 전적으로 수한 개인이 개발한 것이라 결론이 났으며, 그 문제로 신뢰가 흔들린 탓에 정부가 주문한 백호의 수주만 끝내면 더 이상의 생산은 중단하게 되었다.

수한은 그 때문에 이후로 컨소시엄에는 절대로 참여하지 않을 방침을 세웠다.

사공이 많으면 배가 산으로 가고 밤이 길면 꿈도 길다고 했던가. 생각지도 못한 성공을 거두니 욕심을 부리는 이들을 보며 수한은 인간의 욕심의 끝은 없다는 것을 느끼며 계획을 세운 것이다.

수한이 식량 자급률을 위해 넓은 땅을 정부로부터 불하받은 것이나 대규모 PMC를 설립한 저변에는 그런 요소들이 모두 포함되어 있었다.

신무기 개발이나 신 종자 연구에는 많은 자본이 들기는 하지만, 수한에게 있어 자본쯤이야 차고도 넘쳤다.

라이프 메디텍에서 생산하는 인공 장기나 신체, 그리고

각종 의약품들은 지금도 많은 돈을 벌어들이고 있었다.

그리고 수한은 자신이 똑똑하다고 해서 모든 것을 혼자 하려고 하지 않았다.

본인이 잘하는 것과 다른 사람이 잘하는 것을 구분할 줄 알기에 라이프 메디텍이 그랬듯 각 회사에는 전문 경영인을 두고 자신은 연구 개발만 담당하였다.

이곳 지킴이 PMC도 그런 취지에서 전문 경영인을 두고 운영할 예정이었다.

아직까지는 회사를 설립한 지 얼마 안 되어 자리를 잡아 가는 시점이고, 또 하는 일도 단순히 북한 지역에 진출한 자신의 회사와 자신이 끌어들인 자선 단체들에 대한 안전을 책임질 뿐이었다.

나중에 자체적으로 무기가 개발되고 해외에 진출할 정도로 규모가 커진다면 그때는 전문 경영인을 두고 회사를 운영할 것이지만, 아직까지는 전문 경영인이 필요한 시기는 아니었기에 본인이 직접 관리를 하는 중이었다.

"경비로 빠지는 인원들은 안전 교육을 실시하고 바로 내가 알려준 곳으로 파견을 보내기 바랍니다."

"알겠습니다."

수한은 보고를 마친 리철명에게 지시를 내리고 자리에서

일어났다.

문득 이곳에 와서 지원한 사람들이 어떤 훈련을 받고, 또 어떻게 생활을 하고 있는지 알지 못한다는 생각이 들었기 때문이다.

어차피 점검을 하기 위해 들른 것이니, 이왕 온 것 보고만 받고 가기보단 직접 눈으로 필요한 것이나 불편한 것은 없는지 알아보기로 하였다.

사무실에서 나온 수한은 회사에 지원한 이들을 살피기 시작하였다.

처음 찾아간 곳은 역시나 식당이었다. 직원들이 먹는 음식의 상태가 어떠한지부터 점검을 하였다.

달그락, 달그락.

그런데 식당을 점검하다 수한의 눈을 찌푸리게 하는 모습이 보였다.

식당 구석에 냄비에 잔반(殘飯)이 남아 있는 채로 있던 것이다.

원래 규정은 식사가 끝나면 모든 잔반은 바로 처리하게끔 규정이 되어 있었다.

북한 지역은 아직 의료 서비스가 열악한 곳이라 혹시 식중독의 우려 때문이었다.

그 때문에 더욱 위생에 신경을 쓰고 있는데, 이렇게 잔반이 남아 있다는 것은 규정이 제대로 지켜지지 않고 있다는 소리였다.

"이게 어떻게 된 일입니까? 전 분명 위생에 신경을 쓰라고 했는데, 그것이 잘 지켜지지 않고 있다니."

표정을 굳힌 수한의 말에 리철명도 얼굴 표정도 덩달아 굳어졌다.

그런데 이를 옆에서 지켜보던 식당 아주머니의 표정이 사색이 되었다.

그 이유는 바로 냄비에 음식물을 남긴 사람이 바로 그녀였기 때문이다.

지킴이 PMC에서는 직원들에게 아침, 점심, 저녁까지 세 끼 식사를 지원했다. 직원 대부분이 남쪽에서 파견 나왔거나 구 북한 특수부대 출신들이다 보니 원활한 통제를 위해 숙소 생활을 하고 있기 때문이다.

사정이 그러니 이들의 숙식을 제공하기 위해 도우미가 필요하였다.

숙소를 정리하는 것이야 본인들에게 시키면 되는 문제이지만, 식사만큼은 다른 사람들이 해야만 했다.

고된 훈련을 받는 그들에게 식사까지 직접 해먹으라는 것은 말도 되지 않는 일이다.

그래서 식사만큼은 따로 전문 인력을 구해 제공하고 있었다.

물론 수한이 서울에 가 일을 보느라 점검을 하지 못한 부분도 존재했다.

한데 그러다 보니 식당에 취직한 이들 중 일부가 그날 남은 잔반을 가지고 배를 굶고 있는 가족에게 가져가 먹이기 시작한 것이다.

지킴이 PMC에서 직원들에게 제공하는 음식들은 하나같이 영양에 신경을 쓰면서도 맛도 뛰어나 일류 요리사의 요리에 버금갔다. 그래서 직원들은 물론이고, 식당에서 일하면서 사람들도 무척이나 좋아했다.

그러다 보니 가족들에게도 맛있는 음식을 먹이고 싶은 직원 일부가 잔반이라도 챙겨가기 시작한 것이다.

물론 잔반이라고 모두 비위생적인 것은 아니었다.

하지만 여러 음식들을 봉지 하나에 넣다 보니 남은 음식이 아닌, 말 그대로 음식물 쓰레기가 되어버리는 것이다.

그런 것을 잘못 먹었다가는 당장 탈이 나지 않더라도 자칫 잘못하다간 식중독에 걸릴 위험이 있었다.

특히 식당 안에 잔반이 남아 있다면 분명 쥐나 파리 등이 꼬일 것이다.

그런 사소한 것 하나 때문에 회사 내에 전염병이 돌 수도 있는 것이기에 수한이 이처럼 불같이 화를 내는 것이었다.

"죄송합네다. 집에 있는 가족들에게 먹이고 싶은 마음에…… 정말 죄송합니다. 잘못했습네다."

뒤에 있던 아주머니 한 명이 나서서 고개를 숙이며 잘못을 빌었다.

혹시나 젊은 사장이 화가 나 이곳 책임자 동무를 경질하고 가면 나중에 자신들에게 어떤 일이 벌어질지 몰라 먼저 자수를 한 것이다.

막말로 젊은 사장이야 가고 나면 끝이지만, 남은 이들은 어떤 고초를 받을지 모르기 때문이었다.

한편, 리철명에게 지시 불이행에 대한 시정을 요청하고 있는데, 갑자기 겁에 질린 얼굴로 자신의 잘못을 시인하는 아주머니의 모습에 수한은 당황하였다. 그래서 잠시 아주머니를 지켜보았다.

여인은 전형적인 북한 주민의 모습을 하고 있었다. 오랜 굶주림 탓인지 영양상태가 그리 좋지 못해 푸석해 보이는 행색과 외부 활동을 많이 하였는지 검게 그을린 피부에는 잔주름이 많이 나 있었다.

그나마 요즘 삶이 조금 폈는지 여느 북한 주민들에 비해서는 상태가 좋았다.

하지만 그럼에도 두 눈에는 두려움이 가득해 보여 측은한 마음이 절로 들게 만들었다.

'음, 내가 너무 몰아붙였나 보군.'

잘못된 행정을 시정하게 만든다는 것이 그만 일하는 사람들에게 불안감을 조성한 듯 보였다.

생각해 보니 자신이 직원들에게 잘해줘야 한다고만 생각을 하였지, 직원 가족에 대한 배려가 조금 미흡했다는 것을 그제야 깨달을 수 있었다.

사실 현재 북한 지역에 들어와 있는 기업 중 직원들의 복지에 신경을 쓰는 곳은 많지 않았다.

수한도 나름 신경을 쓴다고는 했지만 그건 모두 의료 부분에 해당될 뿐, 먹고사는 부분에 관해 월급 이외에는 신경을 쓰지 않고 있었다.

북한 지역의 어머니들도 다른 어느 나라의 어머니와 다르지 않다는 것을 인식하지 못한 것이다.

자신이 맛있는 것을 먹기보다 가족에게 먹이는 것에 행복을 느끼는 것이 어머니란 존재가 아니겠는가. 수한은 잘못을 자수하며 두려움에 떠는 아주머니의 모습을 보며 반성을 하였다.

'여기도 다르지 않다. 우리가 알고 있는 것은 일부에 지나지 않아.'

수한은 자신이 알고 있던 바와 직접 겪는 북한 주민의 삶이 다르다는 것을 깨달았다. 또 이곳 역시 자신이 알고 있는 사람들의 모습과 다르지 않다는 것을 깨닫자 반성을 하게 되었다.

"알겠습니다. 다음부터는 이런 일이 없도록 하세요."

수한은 잘못을 빌고 있는 아주머니에게 그렇게 이야기를 하며 식당을 나왔다.

많은 생각을 하며 식당을 나온 수한은 이번에는 직원들이 훈련을 하는 체육관으로 향했다.

체육관에는 각종 운동기구들이 가지런히 정리되어 있었으며, 체육관 한쪽에는 매트가 깔린 넓은 공간이 있었다.

아마도 무술 대련을 하는 곳이라 여겨졌다.

체육관 안에는 몇몇 직원들이 운동을 하고 있는 것이 보였다.

운동을 하고 있는 사람들의 체격은 그래도 일반 북한 주민보다 10㎝ 정도 더 커 보였는데, 아마도 특수부대 출신들이다 보니 일반 주민들보단 잘 먹어서 그런 듯 보였다.

물론 그럼에도 남쪽 주민들의 평균에도 미치지 못했지만.

체육관 시설을 마저 둘러본 수한이 직원들의 숙소로 발길을 옮겼다.

직원들 숙소는 4인 1실로 되어 있었으며, 2층 침대 두 개와 벽 한쪽에는 책상 네 개가 있었다.

그 옆에는 옷장이 있고, 실내에 화장실과 세면장까지 갖춰져 있었다.

언뜻 봐선 대학교 기숙사를 보는 듯하였다.

수한은 숙소를 둘러보며 한결 기분이 좋아졌다. 간부들이 숙소를 점검한다고는 하지만 일과가 끝난 후 편하게 여가 시간을 갖는 모습이 자연스러워 보였기 때문이다.

식당을 빼고는 대체로 자신의 지시가 잘 지켜지고 있었기에 점검을 마치고 돌아오는 수한의 발걸음은 무척이나 가벼웠다.

"리철명 부사장님."

"예, 박사님."

수한은 리철명을 불러 조금 전 식당에서의 일을 지시하였다.

"어찌 되었든 다음부터는 잔반이 외부로 반출되지 않게 하시고, 차라리 남는 음식은 잘 포장을 해 필요한 분들에게 나눠 주십시오. 저런 식으로 지저분하게 모아 가져가게 되면 필히 문제가 발생할 수 있으니까요. 아니, 차라리 저녁은 저희가 제공하는 것으로 하세요."

수한은 식당에서의 일을 지시하다 말고 뭔가 궁리를 하다아예 식당 직원들의 가족을 회사로 불러 저녁을 대접하라고하였다.

수한의 지시에 리철명은 또다시 놀란 얼굴을 하고 말았다.

사실 그로서는 지금까지 수한과 함께 일을 해오면서 놀라는 일이 자주 있었다.

그런데 이번에도 생각지 못한 지시를 받게 되자 수한에대한 경외감이 더욱 깊어졌다.

따지고 보면 그가 처음 수한을 만나게 된 계기는 참으로기구하였다.

수한을 죽여 달라는 의뢰를 받고 찾아갔으나 매형의 제지로 그 일을 포기하였다.

그것이 인연이 되어 수한의 밑에서 일하게 되었고, 지금에 와서는 엄청난 지위도 얻게 되었다.

곁에서 지켜본 수한은 나이는 어리지만 생각이 깊은 사람이고, 또 존경할 만한 사람이었다.

그렇다고 마냥 호인(好人)만은 아니었다. 단호할 때는 마치 무생물을 보는 듯 냉정했다.

그리고 생명의 무게를 무겁게 느끼기는 하지만, 필요하다면 간단하게 목숨을 취하기도 하였다.

자신의 적이라 생각되는 이들에게는 정말이지 지옥의 나찰과도 같았다.

그렇지만 지금처럼 자신의 품에 들어온 사람을 위해서라면 어떤 것도 아끼지 않는 모습에 다시 한 번 감동을 느끼는 리철명이었다.

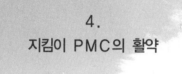

4.
지킴이 PMC의 활약

2026년. 대한민국이 통일을 한 지도 어느덧 1년이 흘렀다.

처음 한반도가 통일이 되었을 때, 사람들의 반응은 무척이나 엇갈렸다.

축하하는 사람, 환영에 마지않는 사람, 그리고 부정적으로 생각하는 사람 등. 통일을 받아들이는 것에 있어 많은 사람들이 저마다 다양한 반응을 보였다.

군부대 인근에 살고 있는 대부분의 사람들과 자식을 군대에 보낸 부모님들은 기뻐했으며, 북한 지역에 친척이 있거나 살기 위해 북한을 탈출했던 탈북자들은 열렬히 환영했다.

하지만 그렇게 밝은 측면만 있는 것은 아니었다. 일부 경제학자들은 낙후된 북한 사정으로 인해 대한민국의 경제가 80년대 이전으로 후퇴할 것이란 전망을 내놨다.

너무도 심각한 남과 북의 경제 격차로 인해 남한의 부를 북한에 쏟아부어야 한다는 것 때문이었다.

1989년, 베를린 장벽이 무너지면서 통일을 이룩한 독일을 예로 들었다.

독일은 2차대전을 일으켰다가 연합군에 패배를 하면서 동독과 서독으로 분단이 되었다.

그러다 베를린을 가르던 장벽이 무너지면서 통일을 이루었다.

당시 독일 국민들은 동서를 막론하고 무척이나 기뻐하였다.

하지만 그 기쁨도 잠시. 동독과 서독의 소득과 경제 수준의 차이가 문제되어 잘나가던 독일의 성장이 주춤하였다.

또 오랜 분단으로 말미암아 양 진영의 생활양식은 같은 동포라는 개념도 잊게 할 정도로 차이가 심각하였다.

그렇게 통일 후의 기쁨은 잠시였고, 이후 고난의 시간을 겪은 독일을 거울삼아 대한민국 정부는 한반도의 통일에 대하여 현실적으로 심각하게 고민했다.

하지만 일부 우려의 시각에도 일단 오랜 염원인 통일을 이루자 사람들은 기뻐하였다.

그리고 연이어 발표된 북한 지역의 군정 통치 소식과 개발 계획의 발표로 정국이 시끄러워졌다.

이때, 대한민국 정부에 대한 지지율은 극도로 낮아졌다.

통일로 인해 한때 90% 가까이 치솟았던 지지율이 두 소식의 발표와 더불어 30%대까지 떨어졌다.

통일만 되면 많은 것이 바뀔 것이란 생각에 희망가를 불렀던 사람들은 정부의 발표에 항의를 하였다.

하지만 정부는 시위를 하는 이들에게 경제학자들이 말했던 것처럼 바로 북한 지역과 남한지역을 통합하려면 들어가는 비용이 엄청나다는 것과 또 사회 혼란에 대하여 역설하며 설득을 시도하였다.

참으로 아이러니한 점은 통일 직전, 부대를 이탈했던 구북한 군인들 때문에 그런 정부의 설득이 먹혀들었다는 것이다.

부대를 이탈한 구 북한군들은 금강산 깊은 곳으로 숨어들어 게릴라전을 벌였다. 그 때문에 북한 지역 치안이 좋지 못하다는 소식과 만약 이런 상태에서 남북한을 가로막은 철책을 바로 철거했다가는 남한 지역에 구 북한군들이 들어와 테러를 할 수도 있다는 우려가 확산되었다. 그런 분위기 속에서 정부의 주장은 시위대들을 막는 데 큰 역할을 했다.

아무튼 그렇게 대한민국 정부는 남북을 분리한 상태로 북한 지역의 경제를 끌어 올리는 데 역량을 쏟았다.

그래서일까? 사전에 준비된 계획에 따라 민관군이 힘을 합쳐 역량을 발휘하니 북한 지역은 급속한 발전을 이룩하게 되었다.

기업들은 여유 자금을 북한 지역에 쏟으며 경제 발전에 이바지하였고, 관은 그런 기업들의 활동을 돕기 위해 행정을 간소화하여 기업 활동에 탄력을 주었다.

그리고 군은 불안정한 북한 지역의 치안을 유지하는 데 총력을 기울였다.

아직 잡히지 않은 구 북한군 출신 병사들이 테러 활동을 하지 못하게 곳곳에 감시초소를 설치하여 경계를 하였으며, 새로 넓어진 국경도 튼튼하게 틀어막았다.

그리고 정부는 혼란한 시기에 불온한 생각을 하는 세력에 대해 경계를 하는 한편, 국제사회에 통일 대한민국의 역량을 선보이며 중국과의 협정문을 내세워 대한민국의 핵 보유를 인정받는 데 성공하였다.

GREAT
그레이트 코리아
KOREA

대한민국은 더 이상 핵무기 개발을 하지 않는다는 조건을 달아 중국에 이어 러시아, 프랑스, 그리고 영국과 독일 등 핵보유 국가들과 협상을 하여 북한이 개발했던 핵무기를 보유하는 것을 인정받은 것이었다. 그때까지 대한민국의 핵무기 보유를 인정하지 않던 미국도 이들 국가가 인정을 하자 어쩔 수 없이 대세를 따를 수밖에 없었다.

이렇게 국제사회에서 핵무기 보유를 인정하게 되자 대한민국은 자연스레 그 위상이 올라갔다.

물론 그 과정에서 대한민국이 해당 국가들에게 넘겨준 이권도 있기는 하지만, 그렇다고 대한민국이 손해를 본 것은 아니었다.

더 이상 대한민국이 힘이 없는, 봉이 아니란 사실을 국제사회에 알린 것이다.

아무튼 국내외로 대한민국은 그 위상을 높였다는 평가를 받으며 통일 1년째를 마감하려는 중이었다.

넓게 뻗은 들녘. 누렇게 익은 곡식들이 지평선까지 쭉 뻗어 있었다.

들녘 한쪽에서는 곡식들을 수확하기 위한 작업이 한창이었다.

누렇게 익은 곡식을 추수하는 농부들의 표정에는 미소가 가득하였다.

그도 그럴 것이, 세상 어디를 막론하고 농부들의 마음은 한결같았다.

자신이 지은 농작물이 잘되어 대풍(大豊)을 이루는 것.

더군다나 지금 추수를 하는 이들은 작년까지만 해도 가을에도 끼니를 걱정했던 사람들이다.

그런데 곡식이 누렇게 익어 평야 가득 들어차 있는 모습은 정말이지 태어나 처음 보는 광경이었기에 농부들의 마음은 기쁘기 그지없었다.

비록 이 땅에서 자라는 곡식들이 자신의 것은 아니지만, 자신이 속한 회사에서 싼값에 판매를 한다고 했기에 추수하는 농부들의 손길은 무척이나 바빴다.

"이보라, 리 동무! 작업자들 모두 모이라 하라!"

작업반장인 장대봉은 어설픈 북한 사투리를 쓰며 누군가에게 지시를 내렸다.

리 동무라 불린 리승준은 손에 들고 있던 낫을 내려놓고 한창 추수 중인 논으로 뛰어갔다.

구획이 정해져 있기에 대부분 기계로 작업을 하는 터라 리승준처럼 낫을 들고 있는 사람은 몇 명 없었다.

기계로 추수를 하는데 왜 낫이 필요하냐고 물어보는 사람이 있을 수도 있는데, 기계가 들어가기 위해선 어느 정도 공간이 필요하였다.

잘 익은 곡식을 그냥 밟고 들어갈 수는 없기에 사람이 일정 공간에 있는 벼를 잘라 기계가 들어갈 공간을 미리 마련해 줘야만 하는 것이었다.

그 일을 리승준과 몇몇 사람들이 하고 있던 것이다.

"모두 모이라! 반장 동무가 모이라 한다. 날래 오라!"

리승준은 논과 밭을 뛰어다니며 작업을 하고 있는 사람들에게 일일이 말을 전했다. 그런 후, 리승준은 얼른 작업반장인 장대봉에게로 다가갔다.

"말하고 왔시요."

남북이 통일된 지 어느덧 2년이나 되었는데 아직도 그때의 버릇을 고치지 못한 북한 사람들은 자립성이 부족했다. 누군가의 지시가 없으면 무엇을 해야 할지 몰라 리승준처럼 지시하는 것과 또 지시 받는 것을 당연시 여기고 있었다.

한편, 자신의 말을 전달하고 온 리승준을 보던 장대봉은 그에게 한쪽을 가리키며 말을 하였다.

"저쪽에 오후 참이 준비되어 있으니 리승준 씨도 가서 참을 드시오."

조금 살갑게 북한 사투리를 쓰던 장대봉은 그것이 좀 불편한지 다시 표준말을 쓰며 오후 참이 마련된 곳을 가리켰다.

"벌써 오후 참 시간입네까? 하하."

리승준은 뭐가 그리 좋은지 입이 함지박만큼이나 벌어지며 오후 참이 마련되어 있다는 곳으로 뛰어갔다.

리승준이 뛰어간 곳에는 간이식당이 마련되어 있었는데, 벌써 삼삼오오 몰려든 사람들이 옹기종기 모여 앉아 참을 먹고 있는 모습들이 보였다.

그늘 막 하나 없는 땡볕이지만 참을 먹고 있는 농부들의 얼굴에는 행복한 미소만이 가득했다.

그도 그럴 것이, 땡볕 밑에서 열심히 작업을 한 뒤에 먹는, 얼음육수로 만든 냉면은 무척이나 시원하였다. 정말이지 신선노름이 따로 없었다.

사실 북한에서 냉면은 겨울에만 먹는 별미였다. 하지만 통일이 되고 남쪽의 식문화가 들어오면서 북한의 식문화도 많이 바뀌었다.

먹을거리가 풍부해지고, 또 TV에서 방영되는 요리 프로

들을 통해 북한 주민들도 다양한 음식들을 접하게 되었다.

물론 처음에는 그런 움직임이 크지는 않았다. 하지만 북한에 진출한 기업들이 제공하는 식당 메뉴를 접하고, 또 시장에 풀리는 식재료들이 늘어나면서 북한 사람들의 생활양식도 변해갔다. 개중에 변화를 느끼며 식당을 개설하는 사람들이 늘면서 식문화가 바뀌기 시작하였다.

그것이 계기가 되어 서비스업이 나타났다. 군정 실시로 인해 밤늦게까지 영업을 하는 가게는 아직 없지만, 그래도 얼추 남한의 80년대 초의 모습을 보이고 있었다.

리승준과 작업자들이 오후 참을 먹고 있을 때, 장대봉은 컴퓨터를 조작하고 있었다.

그가 하고 있는 작업은 지금까지 작업한 양을 체크하는 것으로, 추수를 시작한 지 이제 일주일 정도밖에 되지 않았는데도 작년 대비 절반 수준에 이르렀다.

작년 곡물 총생산량은 1,200만 톤이었다. 그런데 아직 1/3도 수확하지 않았는데 그 절반 정도인 550만 톤을 수확한 것이었다.

농지 전체를 수확한다면 적게 잡아도 2천만 톤은 너끈히 수확할 수 있을 것이라 예상이 되었다.

현재 대한민국의 1년 양곡 수요량은 총 3,100만 톤 정도였다.

이는 남북이 통일되면서 늘어난 양인데, 현재 북한에서 생산되는 양곡이 2/3 정도 생산되고, 또 남쪽에서 생산되는 것을 생각한다면 식량 자급률이 78%에 이르는 수치였다.

이는 엄청난 것으로 자급률 75%만 되어도 국제 시세에 영향을 받지 않고 안정적으로 식량을 조절할 수 있는 수치라 할 수 있었다.

즉, 국제 곡물 가격이 오른다고 했을 때, 필요에 따라서 수매를 하지 않고도 조절을 한다면 충분히 버틸 수 있는 수치라는 것이다.

장대봉은 목표치를 초과 달성한 것을 확인하고는 절로 입가에 미소가 걸렸다.

평야의 곡식을 모두 수확해 봐야 정확한 생산량을 알 수 있겠지만, 다른 곳도 이 정도라면 올해는 목표의 20%를 증산할 것이라 예상되었다.

휘웅~

뜨거운 한낮. 태양이 천공에 매달려 대지를 뜨겁게 달구고 있었다.

그늘이라도 있으면 몸이라도 식힐 것인데, 적도와 가까운 곳이라 그늘도 별로 없어 햇볕을 피할 길이 없었다.

"젠장, 겁나게 덥구나야!"

― 치직! 독수리 하나, 여기는 둥지. 응답하라.

"벌써 시간이 이렇게 됐나?"

황의주는 헤드셋에서 무전이 들리자 얼른 대답을 하였다.

"둥지, 독수리 하나 나왔다."

― 지금 그곳 상황은 어떤가?

현장의 상황이 궁금한지 물어오는 본부의 질문에 황의주는 자신이 지켜본 내용을 그대로 보고하였다.

"현재 상황 변동 없다."

보고를 하던 중 잠시 왼손을 들어 시간을 확인한 황의주는 다시 보고를 이어 나갔다.

"현재 시각 12시 40분. 앞으로 20분 뒤 저들의 경비 교대가 있을 것이다."

― 치직! 알겠다. 경비의 교대가 끝나고 정확히 30분 뒤, 그러니까 13시 30분에 작전에 돌입한다. 작전에 들어가기 10분 전에 다시 한 번 교신이 있겠지만, 혹시 별도 지

시가 없더라도 정확히 13시 30분에 적 감시초소에 있는 감시병들을 처리하기 바란다.

"알겠다."

황의주는 앞으로 50분 뒤에 작전에 들어간다고 하자 작게 한숨을 쉬었다.

이 그늘도 없는 곳에서 땅바닥에 바짝 엎드려 적을 감시하고 있자니, 점점 짜증이 나기 시작했다.

하필 이 더운 낮 시간에 작전을 하게 된 것이 정말이지 분통 터졌다.

목표인 정문이 있는 곳에서 800m 떨어진 구릉에 혼자 적의 진지를 감시하고 있자니 무척이나 심심하고 지루하였다.

원래 이렇게 관측을 하는 일은 2인 1조로 움직이는 것이 기본인데, 현재 인원이 부족해 혼자 뜨거운 태양 아래에 있자니 적잖이 짜증나기도 했다.

다른 동료들은 그늘 막이 있는 본부에서 대기를 하고 있을 것인데 혼자 이렇게 더운 곳에 있으니 당연 짜증이 났다.

"제길, 이런 곳에 작전을 보낼 것이면 장비라도 신형으로 좀 챙겨줄 것이지."

황의주는 본부에서 대기하고 있을 동료와 신형 장비를 지급받은 상관을 생각하니 저절로 입이 댓 발이나 튀어나왔다

그가 생각하기에 신형 장비는 정말이지 이런 악조건하에서 작전을 하기 무척이나 편리해 보였다.

기본 디자인이야 지금 착용한 장비와 다를 것 없었다.

다만, 신형 장비는 자체에 온도 조절 장치가 있어서 어떤 기후 조건에서도 쾌적한 환경을 제공한다는 것이 구형과 다른 점이었다.

사실 이 신형 장비는 자신들이 이곳에 와서 작전을 하면서 불편한 점을 본사에 건의해 개량한 것이었다.

황의주가 지킴이 PMC 소속으로 이곳에 온 지도 벌써 1년이나 되어갔다.

지킴이 PMC는 대한민국 정부의 의뢰를 받아 이곳에 왔는데, 그 이유는 다른 게 아니었다. 미국이 국제적 테러 단체이며 자체적으로 국가라 선포하고 세계 각국에 테러를 자행하는 이슬람 국가(IS)와의 전쟁을 선포하며 동맹국인 대한민국에 지원을 요청했기 때문이다.

IS는 이슬람 종파 중 하나인 수니파의 지지를 받으며 세력을 확장을 하였는데, 이들은 테러 단체 중에서 유일하게 영토를 가지고 있는, 무척이나 위험한 테러 조직이었다.

그래서인지 몰라도 IS는 세계 최강 미국이나 육군 최강의 러시아, 세계 2위의 군사대국 중국도 무서워하지 않고 그들 국가에 테러를 자행하거나 위협적인 내용의 협박문을 발표하기도 하였다.

그 때문에 세계 각국은 이들을 막기 위해 많은 노력을 하였고, 주요 타깃인 미국은 발 벗고 나서서 IS와 전쟁을 선포하며 동맹국에 지원을 요청하였다.

미국이 IS와의 전쟁을 선포하자 동맹국도 그에 발맞춰 IS에 전쟁을 선포하며 미국에 힘을 실어주었다.

그 과정에서 대한민국에도 지원 요청이 들어왔는데, 대한민국은 미국의 요청을 들어줄 수도, 그렇다고 거절할 수도 없는 입장이었다.

이제 겨우 통일을 이루고 낙후된 북한 지역을 개발하기 위해 총력을 기울이고 있는 상태에서 군을 움직일 여유가 없기 때문이었다.

그런데 오랜 맹방인 미국의 요청을 들어주지 않는 것도 국제사회에서 어떤 영향을 미칠지 모르는 일이었다. 또 당시 핵무기 보유와 관련해 관계가 틀어진 미국을 달랠 필요가 있었기에 어떻게든 요청을 들어줘야만 했다.

그래서 생각해 낸 것이 바로 민간 군사 기업인 지킴이

PMC에 의뢰를 하는 것이었다.

대한민국 정부는 현재 정규군을 해외에 파병할 여력이 없었다.

넓어진 국경도 지켜야 했으며, 금강산으로 숨어들어 아직까지 잡히지 않고 있는 구 북한군을 경계해야만 하기 때문이었다.

아무튼 그런 복잡한 사정 탓에 정부는 지킴이 PMC에 의뢰를 하였고, 정규군 대신 지킴이 PMC가 IS와의 전쟁에 참여하게 되었다.

그렇게 1년여를 중동에서 IS와 전쟁을 하면서 지킴이 PMC는 많은 성과를 냈다.

원래 테러 단체에 고용되어 교육을 담당하던 이들이 바로 구 북한 특수부대원들이었다.

그런데 그런 북한 특수부대원들은 한반도가 통일이 되면서 갈 곳을 잃었다.

북한이란 나라가 있을 때도 그리 넉넉한 삶을 살던 것은 아니지만, 통일이 되면서 그들은 공중에 붕 뜨게 되었다.

군에 남아 있기도 불안하고, 그렇다고 전역을 한다 해도 해결책이 보이지 않았다.

대체 뭘 해먹고 살아야 할지, 당시 북한 지역에서는 아무런 답이 없었다.

바로 그때, 그들에게 구원의 손길이 뻗쳤다. 대한민국에 처음으로 민간 군사 기업이 설립된 것이다.

전역을 하면서 많은 특수부대원들이 정부의 소개를 받아 PMC로 자리를 옮기게 되었는데, 지킴이 PMC에 입사할 때까지만 해도 황의주를 비롯한 북한 특수부대 출신들은 막연한 두려움에 떨었다.

혹시나 불이익은 당하는 것은 아닌지, 아니면 구 북한 정권이 선전한 것처럼 자신들을 속여 몰래 처리하려고 하는 것은 아닌가 하는 두려움이었다.

그런데 막상 입사하고 보니 그런 소문들은 모두 거짓이란 것이 밝혀졌다.

그리고 자신들의 상급자가 특수부대 출신의 탈북자라는 것을 알게 되자 한결 안심이 되었다.

뿐만 아니라 회사에 들어오니 북한 정권 때보다 더 대우가 좋았다.

본인뿐 아니라 가족까지 정기적으로 회사 지정 병원에서 건강검진을 받을 수 있는 것은 물론이고, 특수부대원일 때보다 더 많은 급여를 받았다.

많은 급여를 받다 보니 이제는 북한 지역에서 웬만큼 사는, 아니, 예전 당 간부가 부럽지 않는 삶을 살 수 있게 되어 무척이나 좋았다.

다만, 하는 일이 조금 위험하기는 했지만, 그래도 어차피 전에도 하던 일이기에 힘들거나 어려운 것은 없었다.

더욱이 파견을 나가게 되면 수당이 더 늘어나는 것을 알게 되었을 때는 지킴이 PMC 내에서 경쟁적으로 파견을 나가려는 현상까지 벌어졌다.

아무튼 그런 이유로 지킴이 PMC는 대한민국 정부의 의뢰를 통해 미국의 동맹군이라는 지위로 한국군 대신 참여하였고, 현재 인질 구출 작전에 투입된 상황이었다.

사실 처음부터 지킴이 PMC가 인질 구출 작전에 투입된 것은 아니었다.

얼마 전, 미국 특수부대 중 최정예라는 데브그루 2개 팀이 적의 함정에 빠져 전멸을 하고 말았다.

데브그루는 미국 특수부대 중에서도 육군의 델타포스와 함께 알아주는 곳으로, 네이비실 중에서도 최고들만 모아 만든 특수부대였다.

하지만 소문만큼 대단한 곳은 아니었다. 아니, 영화 때문에 그 이름이 유명했지, 실력은 델타포스만 못하다는 평가가 주를 이뤘다.

아무튼 데브그루가 인질 구출 작전에 실패를 하자 미국에서는 비상이 걸렸다.

적에게 인질로 잡힌 존재가 결코 무시할 만한 사람이 아니었기 때문이다.

현재 동맹군에 지원을 하고 있는 사우디의 왕자가 바로 그 주인공이었다.

그가 IS의 인질로 붙잡히는 바람에 미국이나 동맹국의 입장은 무척이나 곤란하게 되었다.

사우디는 현재 동맹군에게 주둔할 수 있는 땅을 제공하고 있으며, 각종 물품도 지원하고 있었다.

그런데 그곳의 왕자 중 한 명이 일행과 함께 IS에 인질로 붙잡혔으니 당연한 일이었다.

IS는 사우디 왕자를 인질로 붙잡고 사우디에 미국과 동맹국을 철수시키라는 요구를 하고 있었다.

만약 자신들의 말을 들어주지 않는다면 사우디 왕자를 죽이겠다고 위협하면서.

미국에서는 신속하게 대응을 하여 인질이 처형당하기 전에 구출하기 위해 작전을 펼쳤는데, 그것이 오히려 함정이었다.

데브그루가 구출 작전을 펼치기 위해 인질이 붙잡혀 있다고 알려진 테러범 캠프를 기습했지만, 그곳에는 아무것도 없었다. 오히려 구출 작전을 하던 데브그루를 맞이한 것은 사우디 왕자와 함께 인질이 되었던 왕자 일행 한 명의 시신과 부비트랩이었다.

왕자 일행의 시체 밑에는 다량의 폭탄이 설치되어 있었는데, 그것을 모르고 시체를 건드린 대원으로 인해 구출 작전에 투입이 되었던 데브그루 2개 팀이 모조리 전멸을 하고 말았다.

사실 IS는 미국이 인질을 구출하기 위해 특수부대를 투입했다는 것을 사전에 스파이를 통해 파악하고 함정을 깔아둔 것이었다.

여하튼 그 때문에 미국으로서는 발등에 불이 떨어지고 말았다.

인질 구출 작전도 실패하고, 특수부대 2개 팀도 잃어버렸을 뿐 아니라 동맹국에 미국의 능력을 의심 받게 되었기 때문이다.

늘 세계 최강이란 수식어가 따라다니던 데브그루는 물론이고, 그와 버금가는 델타포스 또한 동급으로 이름값이 떨어져 버렸다.

그렇게 발등에 불이 떨어지자 미국으로서는 어떻게든 인

질이 된 사우디 왕자를 구출해야만 하는 입장에 처했다.

만약 사우디 왕자를 무사히 구출하지 못한다면 성급하게 작전에 나섰다가 실패한 책임을 져야 되기 때문이다.

이는 초강대국 미국이 앞으로 정책을 펼칠 때 부담으로 작용할 소지가 있기에 어떻게든 인질을 무사히 구출해야만 했다.

여러모로 고심을 하다 4년 전에 벌어졌던 한 가지 일이 NSC 수뇌부의 머릿속에 떠올랐다.

그것은 다름 아닌, CIA의 특수부서가 유일하게 실패한 작전이었다.

그나마 다행이라면 실패는 했어도 후속 조치가 원만하게 이루어져 별다른 인명 피해가 없었던 일.

당시 CIA 특수 부서인 처리팀은 동맹인 대한민국에서 작전을 했다가 인질로 잡혔다.

결과적으로는 한국 정부와 협상을 하여 그들을 무사히 데려오기는 하였지만, 미국의 입장에서는 참으로 낯 뜨거운 일이 아닐 수 없었다.

아무튼 그때의 일을 기억한 NSC 위원의 말에 미국 정부는 바로 청와대에 특수부대를 지원 요청하였다.

인질 구출을 하기 위해 특수부대가 필요하다는 점을 역설하며 파견을 요청하였지만, 청와대는 미국의 요청을 들어주지 않고 오히려 다른 제안을 하였다.

그것은 바로 동맹군에 소속된 지킴이 PMC를 백악관에 소개한 것이었다.

그러면서 지킴이 PMC가 어떤 곳이지 간략하게 설명을 해주었다.

당시 CIA 특수부대를 제압한 것이 자신들이 아닌, 지킴이 PMC의 전신이라는 것을 알려준 것이다.

그 이야기를 들은 미국 대통령은 물론이고, 함께 있던 NSC 위원들도 모두 깜짝 놀랐다.

일개 회사의 보안 부서가 국가의 특수부대보다 더 강력하다는 이야기를 들었으니 당연한 반응이었다.

그때부터 미국은 지킴이 PMC와 모회사인 라이프 메디텍을 예의주시하게 되었다.

하지만 아무리 애를 써봐도 지킴이 PMC와 라이프 메디텍에서 홍보용으로 발표한 것 외에는 알아낼 수가 없었다.

그 때문에 미국을 대표하는 정보 부서의 장들은 대통령으로부터 경고를 받았다.

결국 정체를 밝히려고 할수록 더 미궁으로 빠져드는 통에 정보를 캐는 것을 그만두고 백악관에서 지킴이 PMC에 의뢰를 하게 되었다.

바로 자신들이 실패한 사우디 왕자 구출 작전을 말이다.

그래서 지금, 지킴이 PMC에서 인질을 구출하기 위해 작전에 들어간 것이다.

오후 1시 30분. 밝은 대낮에 구출 작전을 한다고 하니 이상하게 생각할 수도 있다.

인질 구출처럼 비밀리에 행해지는 작전은 보통 은밀성이 가장 중요하기 때문에 작전 시 몸을 가려줄 수 있는 일기(日氣)를 이용하는데, 주로 안개나 밤의 어둠이 안성맞춤이었다.

그런데 지킴이 PMC에서는 그런 상식을 뒤엎고 대낮에 작전을 하려는 것이었다.

이는 이슬람 테러 조직의 의뢰를 받고 교관을 맡았던 구북한 특수부대 출신들이 중동과 아프리카의 이슬람 사람들의 습성을 잘 알고 있기에 가능한 작전이었다.

적도 근처에 위치해 한낮에는 날이 너무 뜨겁기 때문에 정오 무렵이 되면 이들은 모두 활동을 접고 그늘에서 오수(午睡, 낮잠)를 즐겼다.

그건 테러범들도 마찬가지였다. 더욱이 이런 무더위 속에서 활동을 하다가는 일사병이나 열사병에 걸리기 십상이기 때문이기도 했다.

그렇기에 지킴이 PMC에서는 그런 그들의 방심을 노려 대낮에 구출 작전을 펴려는 것이었다.

— 치직! 현재 시각 13시 20분. 10분 뒤 구출 작전이 시작된다. 독수리들은 자신이 맡은 곳 정면에 있는 감시초 소를 청소하기 바란다.

본부에서 무전이 날아와 인질 구출 작전 개시까지 10분 남았다는 것을 알려왔다.

그와 동시에 목표가 있는 캠프를 감시하기 위해 나와 있 는 이들에게 감시초소를 처리하라는 명령이 떨어졌다.

"알겠습네다."

황의주는 얼른 대답을 하고는 앞에 내려놓은 총을 들어 스코프에 눈을 가져다 대며 전방에 있는 초소를 살폈다.

황의주는 저격 총에 달린 고배율 망원경으로 초소 내부를 살폈는데, 역시나 예상대로 초소에 있는 감시병들은 무더위 때문에 축 늘어져 있었다.

물론 모든 감시병이 그런 것은 아니었다. 쫄따구로 보이 는 이들만 서서 감시를 하고 있을 뿐, 고참으로 보이는 이 들은 초소 안 그늘에서 의자에 앉아 꾸벅꾸벅 졸고 있었다.

황의주가 맡은 곳에는 두 개의 초소가 더 있었지만, 다른 두 곳도 살펴보니 상황은 정문 초소와 비슷했다.

"훗, 저 아새끼들은 어떻게 시간이 지나도 바뀌지를 않네."

자신이 맡은 초소를 살피던 황의주는 총을 내려놓으며 중얼거렸다.

황의주는 예전 북한 정권이 무너지기 전, 아프리카 반군 캠프에 파견되어 그들을 가르쳤던 경험이 있었다.

아프리카나 중동의 사람들은 더운 날씨 때문인지 무척이나 게을렀다.

그러면서도 욕심은 얼마나 많은지, 자신보다 가진 것이 없는 사람이나 마을을 보며 도와주진 못할망정 힘이 약하면 바로 약탈을 자행하였다.

이는 황의주가 교관으로 있으면서 많이 보게 된 일 중 하나였다. 반군들은 수시로 거점을 옮겨 다녔고, 수입이 고정적이지 못하다 보니 인근 마을이나 부족들을 약탈해 생활을 하였다.

가끔 정부 청사에 대한 테러도 저질렀지만, 사실 그들이 주로 하는 일은 무력이 약한 마을에 대한 도적질이었다.

아무튼 그때 황의주는 이들의 습성을 알게 되면서부터 인간으로 취급하지 않았다.

그가 가르친 이들이나 초청을 한 테러 조직의 테러범들은 도적, 그 이상도 아니었다.

아니, 확실히 그 이하인 자들도 있기는 했다. 그들은 워낙 미개하다 보니 가끔 인간으로서 이해 못할 만행을 저지르기도 했다.

물론 북한도 상황은 마찬가지였지만 말이다. 북한은 먹을 것이 없어 인육을 요리해 먹기도 했지만, 아프리카 반군은 주술을 신봉하며 그런 이유로 인육을 먹었던 것이다.

어차피 자신이야 당의 지시로 그런 것을 보고도 외면했지만, 어찌 되었든 황의주로서는 결코 좋은 기억이 아니었다.

우웅!

작은 소리가 뒤쪽에서 들려와 고개를 돌려보니, 저 멀리서 먼지구름을 피우며 달려오는 차량이 보였다.

망원경을 들어 살펴보니 테러범들이 이용하는 차량이었다.

"제길, 변수가 작용했다."

인질 구출 작전 시간까지 이제 겨우 5분도 남지 않았는데 뒤쪽에서 적이 나타난 것이다.

황의주는 망설이지 않고 바로 본부에 무전을 날렸다.

변수를 무시하고 정해진 작전 시간에 인질 구출을 시도할 것인지, 아니면 시간을 늦출 것인지 알기 위해서였다.

"여기는 독수리 하나. 둥지 나와라."

무전을 하면서도 황의주는 다가오는 차량에서 시선을 떼지 않았다.

— 칙! 여기는 둥지. 무슨 일인가, 독수리 하나.

"변수 발생. 외부에서 병력을 실은 차량 세 대가 다가오고 있다."

황의주는 다가오는 차량을 살피며 보고를 하였다.

— 음, 인원은 얼마나 되는가?

황의주는 트럭 짐칸에 타고 있는 인원의 숫자를 헤아리고 다시 보고를 하였다.

"적의 숫자는 운전수와 보조 탑승자를 포함해 20명 정도로 보인다."

트럭은 세 대인데 생각보다 탑승 인원이 적었다. 자세히 살펴보니 다가오는 차량은 전방에 있는 테러 조직의 캠프에 물자를 보급하는 부대 같았다.

"아무래도 보급부대 같다."

— 알겠다. 그럼 작전은 원래대로 진행한다. 독수리 하나는 원래 계획대로 목표를 처리하고, 본대 일부가 다가오는 적을 처리할 때 원거리 지원을 해주기 바란다.

변수가 발생을 하기는 했지만 트럭 세 대에 병력이 불과 20명 정도라는 말에 본부에서는 별다른 고민 없이 약간의 작전 변경을 하고 인질 구출 작전을 예정대로 감행하기로 결정을 하였다.

그 말을 들은 황의주는 깔개 위에 놓인 탄창을 확인했다.

황의주가 사용하는 총은 천하 디펜스에서 개발한 대물 저격총으로, 20㎜탄을 사용하는 제품이었다.

그런데 황의주는 작전에 나서기 전 차량을 저격하는 용도에 쓰이는 고폭탄용 탄을 얼마 가져오지 않았기에 고심을 하는 것이었다.

한 번이라도 실수를 하게 되면 그만큼 작전에 지장이 있다는 소리였다.

탕! 탕! 탕! 탕!

시간이 오후 1시 30분이 되자 나지막이 총성이 울렸다.

사우디 왕자를 구해내기 위한 지킴이 PMC의 인질 구출 작전이 시작된 것이었다.

다만, IS에서는 아직 그 사실을 알지 못했다.

비록 총소리가 나긴 하였지만 소음기를 장착한데다 먼 거리에서의 사격이라 IS가 있는 캠프에는 들리지 않았다.

800m라는 먼 거리에 표적이 있었지만, 지킴이 PMC에서 나온 저격수들은 한 발의 실수도 없이 원 샷 원 킬을 성공시켰다.

더욱이 이들은 20㎜ 대물 저격총을 사용하는 중이라 흙벽으로 된 초소 안에 있다 해도 사신의 손길을 피할 수는 없었다.

황의주는 지정된 표적을 모두 제거하고 후방에서 접근하고 있는 차량으로 시선을 돌렸다.

그러고는 먼지를 풀풀 날리며 다가오는 트럭의 운전석을 주저 없이 겨냥했다.

거리는 아직 2㎞나 떨어져 있지만 그에게는 아무런 상관이 없었다.

천하 디펜스에서 개발한 이 저격총은 유효사거리가 2,400m나 되는, 말 그대로 괴물이었다.

거기에 레이저 거리 측정기와 탄도 계산기까지 딸려 있는, 말 그대로 엄청난 괴물이었다.

초보자가 사용해도 명중률은 보장이 되는 저격총으로, 명품 중의 명품이지만 딱 한 가지 단점이 있었다.

GREAT
KOREA

구경이 20㎜나 되다 보니 총의 반동이 일반 저격총과는 비교가 불가할 정도로 엄청났다.

하지만 그런 단점에도 지킴이 PMC의 저격수들에게는 최상의 무기였다.

지킴이 PMC 직원들에게는 기본 장비로 파워 슈트가 지급되었기 때문이다.

지킴이 PMC의 모회사인 라이프 메디텍에서 개발한 최상의 파워 슈트가 이들에게 지급되고 있었기에 아무리 반동이 심한 대물 저격총이라 해도 운용하는 데는 지장이 없었다. 충격을 받아줄 수 있는 바디가 있기에 지킴이 PMC의 직원들은 강력한 무기를 원했으며, 회사에서도 그런 직원들의 요구에 맞춰 천하 디펜스나 세계 각국의 총기 제조업체에서 생산하는 총기류를 검색해 직원들이 원하는 무기를 구해주었다.

◆　　　◆　　　◆

총성이 울리는 것과 동시에 초소에 있던 IS의 감시병들이 일제히 쓰러졌다.

저격수들이 감시병들을 모두 제압한 것이다.

이번 인질 구출 작전을 펴기 위해 지킴이 PMC는 1개 구대(區隊)를 투입하였는데, 총원 20명으로 구성된 구대였다.

저격수 네 명을 빼고 IS 캠프에 들어가 인질을 구출하는 인원은 총 16명이었는데, 그중 절반인 여덟 명은 진입로 구축과 퇴로 확보의 임무를 맡았다.

그리고 남은 여덟 명은 다시 2개 조로 나뉘어 1조는 후방에서 침투를 하고, 남은 1조는 정면으로 침투를 하여 인질을 구출한다는 작전이었다.

하지만 변수가 생겨 퇴로 확보 팀에서 2명, 그리고 구출조에서 4명이 빠져 캠프로 접근하는 트럭을 막기로 하였다.

그 때문에 처음 계획보다 구출 작전은 더욱 어려워졌지만, 지킴이 PMC는 전혀 개의치 않았다.

아니, 오히려 더욱 전의를 불태우며 눈을 반짝였다.

하긴 모두가 이보다 더 험난한 작전을 수행했던 경험이 있는 직원들이었다.

IS 캠프 안으로 침투를 한 지킴이 PMC들은 빠르게 주변을 살폈다.

한낮의 무더위 때문인지 캠프 내에 돌아다니는 사람은 한

명도 없었다.

"1조는 작전대로 우리가 인질을 구출하면 타고 빠져나갈 차량을 확보하고, 그 외의 차량은 사용 불능으로 만들어라. 그리고 폭탄 설치를 해라."

구대장인 홍인규는 부하들을 보며 지시를 내렸다. 원래대로라면 후방 침투조에게도 지시를 내려야 하지만, 후방 침투조에 있는 인원은 캠프로 접근하는 트럭을 저지하기 위해 나간 상태이기에 후방은 외부에 있는 저격수들에게 맡기는 수밖에 없었다.

"알겠습니다."

"알갔시오."

홍인규의 지시에 표준어로 대답을 하는 이도 있었고, 아직은 어색한지 사투리로 대답을 하는 이들도 있었다. 확인을 마친 홍인규는 고개를 끄덕이고는 자신을 따르는 세 명을 데리고 인질이 갇혀 있다고 알려진 건물로 들어갔다.

홍인규와 지킴이 PMC 직원들은 다시 2인 1조로 나뉘어 움직이며 취약 지역에 폭탄을 설치하며 움직였다.

두 명은 2층을 확인하기 위해 계단으로 올라갔고, 홍인규는 부하 직원 한 명과 함께 1층을 확인하고 지하로 내려갔다.

탕! 탕! 탕!

지하로 내려가고 있는데 총소리가 들렸다.

'음, 깨어 있는 놈들이 있었나 보군.'

총소리를 확인하고 조금 더 긴장을 끌어 올린 홍인규는 들고 있는 권총을 다시 한 번 확인하였다.

권총에는 총 열여덟 발의 총알이 들어 있었다. 미리 약실에 장전된 총알과 열일곱 발들이 탄창을 사용하고 있기에 권총에는 총 열여덟 발이 총알이 있는 것이다.

전투를 하다 보면 자신도 모르게 무아지경에 이르는 경우가 있다.

그리고 그때가 가장 위험한 순간이었다. 전투는 영화가 아니었다. 총이란 무기는 방아쇠를 당긴다고 무한대로 총알이 날아가는 것이 아닌 것이다.

그렇기 때문에 자신이 가지고 있는 무기에 얼마나 총알이 남아 있는지 꼭 알고 있어야 했다.

그렇지 않고 무턱대고 방아쇠를 당기다가는 결정적인 순간에 총알이 떨어져 위급한 지경에 처할 수도 있기 때문이었다.

타다당! 타다탕!

밖에서 들려오는 총소리를 살펴보면 본격적으로 교전이 벌어졌음을 알 수 있었다.

그에 홍인규와 부하 직원의 걸음이 빨라졌다.

덜컹!

총소리에 놀랐는지 눈앞의 방에서 문이 열리는 것이 보였다.

홍인규는 달리면서 문을 열고 복도로 나오는 테러범을 쏘았다.

탕!

털썩!

홍인규가 쏜 총알은 복도에 나오던 테러범의 머리에 직격하였다.

총을 맞은 테러범은 머리의 한 부분이 박살 난 상태로 바닥에 쓰러졌다.

테러범이 쓰러지자 홍인규는 그가 나왔던 방문을 열고 내부를 살폈다.

그 방은 이곳 캠프의 통신 시설이 있는 곳이었다.

홍인규가 문을 열고 들어서자 책상에 앉아 있던 테러범이 화들짝 놀라며 의자 옆에 놓인 AK—47을 쥐려는 모습이 눈에 들어왔다.

홍인규는 망설임 없이 권총의 방아쇠를 당겼다.

탕!

노리쇠를 당기기도 전에 홍인규가 쏜 총에 맞은 테러범은 그 자리에서 쓰러졌다.

통신실을 정리한 홍인규와 직원은 다시 빠르게 다른 방들을 확인하며 테러범들을 하나하나 사살해 나갔다.

그렇게 얼마를 뒤졌을까.

두 사람 앞으로 유난히 지저분한 문이 보였다.

그런데 지저분한 상태와 다르게 손잡이만은 번들거리는 것이, 많이 사용한 듯 보였다.

문을 확인한 홍인규는 그 뒤에 뭔가 있을 것이란 예감이 들었다.

하지만 그러면서도 왠지 함부로 들어갔다가는 위험할 수도 있다는 예감이 들었다.

코끝을 스치고 지나가는 매운 냄새는 그가 전장에서 위급할 때 자주 접하는 위험신호였다.

"준비해라."

홍인규는 부하 직원에게 준비하라는 말을 하고는 왼팔을 들어 뭔가를 조작하기 시작하였다.

왼 팔뚝의 덮개를 열어 조작을 하니 파워 슈트가 살짝 부

풀어 올랐다.

홍인규가 조작한 것은 파워 슈트의 인공 근육을 활성화한 것으로, 대개 순간적으로 파워를 올려주기도 하지만 이런 좁은 공간에서 총격전이 벌어졌을 때 슈트의 방탄 능력도 상승시켜 주는 효과가 있었다.

덜컹!

타타타탕! 타타타탕!

문을 열자 안쪽에서부터 총소리가 요란하게 울렸다.

이미 캠프 전체에 총소리가 요란하게 울리고 있는 상황. 아무리 지하라고 하지만 그 정도 소란이면 밖에서 문제가 발생했다는 것을 알 수 있었을 것이다.

그리고 점점 가까운 곳에서도 총소리가 들려오니, 당연 방에 있던 테러범들도 적이 캠프에 쳐들어왔다 여겨 확인도 하지 않고 총을 쏜 것이다.

하지만 이미 그런 정황을 예상하고 홍인규나 부하는 문에서 살짝 비켜서 있었기에 총을 맞을 위험은 없었다.

아니, 파워 슈트를 활성화한 상태로 총에 맞아도 딱히 위험하진 않았다.

휙!

탕! 탕! 탕! 탕!

잠시 총소리가 멈추자 이때가 기회라는 듯 방 안으로 뛰어든 홍인규와 약간의 시간 차로 뒤를 따른 지킴이 PMC 직원은 전방에 서 있는 테러범들을 향해 총을 쏘았다.

5.
인질 구출 작전

평양. 지킴이 PMC 본사.

저벅저벅.

복도를 걸어가고 있는 사람들, 그들은 한 사람을 호종(護從)하며 뭔가를 보고하고 있었다.

"그러니까, 백악관에서 청와대를 통해 우리에게 의뢰를 하였다고요?"

수한은 걸어가며 보고를 받고 있었다.

"예. 현재 동맹군들이 주둔하고 있는 사우디아라비아의 넷째 왕자가 IS에 납치되었다고 합니다."

수한은 보고를 받으며 걸어가다 사장의 말을 듣고 자리에

멈춰 섰다.

사우디의 넷째 왕자라면 사우디 정계에서 요즘 새롭게 부상하고 있는 인물이었다.

현재 사우디의 정치 상황은 썩 좋지 못한 상태였다.

왕정을 유지하려는 세력과 공화정을 이룩하려는 이들 간에 충돌이 끊이지 않고 일어나고 있기 때문이었다.

특히 IS에 납치된 사우디의 넷째 왕자는 공화정을 지지하는 쪽의 대표 주자였다.

특혜를 받고 성장한 넷째 왕자가 무엇 때문에 왕정을 부정하고 공화정을 지지하는 것인지 알 수는 없지만, 아무튼 수한이 알기로 현 사우디 정권과 대립하고 있는 넷째 왕자를 무엇 때문에 IS에서 납치를 했는지 이해가 가지 않았다.

"넷째 왕자가 무엇 때문에 위험지역에 들어간 것이지?"

수한은 문득 의문점이 떠올랐다. 그래서 넷째 왕자가 무엇 때문에 위험지역에 들어가 납치가 되었는지를 물었다.

하지만 그런 사정까지는 사장도 알지 못했다.

"그에 대한 내용까지는 아직 듣지 못했습니다. 그저 사우디 넷째 왕자가 IS와 접경 지역을 순시하기 위해 수행원과 나갔다가 IS에 납치되었으며, 납치된 지점이 미군의 담당 구역이라서 미군에서 특수 부대 2개 팀을 구성해 구출 작전을 펼쳤지만 함정에 빠져 실패를 했다고 합니다."

사장이 하는 이야기를 조용히 듣고 있던 수한은 눈이 번쩍였다.

아무래도 이번 작전도 뭔가 정상적이지 않은 상황이란 예상이 들었다.

"구출 작전을 언제 실시한다고 했죠?"

수한이 사우디 왕자의 구출 작전이 언제 이뤄지는지를 물었다.

그런 수한의 질문에 사장은 시계를 들여다보며 대답하였다.

"음, 지금이 7시 40분이고 사우디와 우리가 6시간의 시차가 있으니, 벌써 구출 작전이 실시하고 있을 것입니다. 사우디 시간으로 오후 1시 30분에 구출 작전을 개시한다고 보고를 받았습니다."

사장은 차분하게 구출 작전이 실시되는 시간을 알려주었다.

그러나 사장의 대답을 들은 수한은 가슴이 쿵! 하고 울렸다.

미군 특수부대가 함정에 빠져 전멸했다는 이야기를 듣고 나자 이번에도 함정이 도사리고 있을 것 같다는 생각이 들었다.

"왠지 이번에도 함정인 것 같아서 걱정이 되는군요."

수한은 계속해서 떠오르는 불안감에 그리 말을 하였다.

"안되겠습니다. 위성 통제실로 가지요."

수한은 지킴이 PMC의 설립 허가를 받으며 정부와 빅딜을 한 것이 있었는데, 그것은 바로 지킴이 PMC 본부 내에 위성을 보유하겠다는 것이었다.

물론 민간 차원에서 충분히 가질 수 있는 것이기도 했지만, 일단 위성을 우주 공간에 올린다는 것은 막대한 돈도 들어가지만 다른 문제가 걸렸다.

각 국가별로 위성을 쏘아 올릴 수 있는 할당이 있기 때문이었다.

이것은 무분별한 우주 개발을 막기 위한 정책으로, 명분은 무분별하게 우주에 인공위성을 띄우게 되면 이때 발생하는 폐기물로 인해 정상적인 위성이나 우주정거장 같은 시설이 피해를 본다는 것이었다.

하지만 진정한 속내는 후발주자들의 추적을 막겠다는 것뿐이었다.

GREAT
그레이트 코리아
KOREA

탕! 탕! 탕! 탕!

지하에 있는 마지막 방에 도착해 숨을 고른 홍인규와 부하 직원은 문 너머에서 쏟아지는 총격을 피해 잠시 기다렸다. 그런 후, 적이 총알을 다 쏘고 탄창을 갈아 끼우는 틈을 노려 방 안으로 난입해 총알을 난사하였다.

털썩!

털썩!

우당탕탕!

테러범들이 쓰러지는 소리와 함께 주변 집기들이 쏟아지며 요란한 소음을 일으켰다.

그런데 방 안으로 들어선 홍인규의 눈에 이상한 장면이 띄었다.

자신들이 구출해야 할 사우디아라비아의 넷째 왕자가 자신들을 향해 총을 겨누고 있는 것이 아닌가.

"손들어!"

파시드 빈 아둘라 알 사우드는 회의를 하던 중 밖에서 요란한 총소리가 들리자 놀라움을 감출 수 없었다.

적이 눈앞에 이를 때까지 전혀 눈치를 채지 못했기 때문이다.

하지만 그 와중에 상대는 자신이 테러범들에게 납치된 것이라 여기고 있을 거라 예상했다.

그러니 당연히 급하게 안으로 들어올 테고, 그 점을 노려 준비를 시켰다.

한데 적은 무척이나 침착했다.

자신의 예상대로 바로 방 안으로 들어오는 것이 아니라, 아군이 탄창의 총알을 모두 소모하자 그때 기습적으로 들어온 것이다.

그 때문에 자신의 수행원과 이곳 IS 비밀 캠프의 간부들이 모조리 죽임을 당하고 말았다.

한편, 홍인규는 기습으로 적을 사살하고 인질이 된 파시드 왕자를 구출하려고 했는데, 어떻게 된 일인지 고초를 겪고 있을 것이라 예상한 파시드 왕자가 너무도 멀쩡히, 아니, 자신들을 향해 총을 겨누고 있는 것이 아닌가.

예상과 전혀 다른 전개에 홍인규는 잠시 망설였지만, 그런 망설임도 잠시였다. 홍인규는 곧 자신들을 향해 총을 겨누고 있는 파시드 왕자를 향해 총을 발사했다.

탕!

"악!"

파시드 왕자는 갑작스러운 총격에 비명을 지르며 들고 있던 총을 떨어뜨렸다.

홍인규가 쏜 총에 오른팔을 맞았기 때문에 총 손잡이를 잡고 있을 수가 없어 놓친 것이다.

"서류들을 챙겨라!"

홍인규는 파시드 왕자를 제압하고 옆에 있던 부하에게 주변에 있는 서류를 챙기라는 명령을 내렸다.

자신들이 알고 있는 상황과 많이 다르다는 것을 깨닫고 어떻게 된 것인지 알아보기 위해서 서류를 챙기려는 것이었다.

인질인 줄로만 여긴 사우디의 왕자가 사실은 테러범과 한편이었다는 사실은 결코 가벼운 문제가 아니었다.

만약 이 일이 알려지게 된다면 이후에 어떤 일이 벌어질지 전혀 예상할 수 없었다.

"다 챙겼습니다."

홍인규가 이런저런 생각을 하고 있을 때, 부하 직원이 방에 있는 모든 서류를 챙겼다는 보고를 해왔다.

"타깃 확보! 타깃 확보!"

일단 어찌 되었든 다른 사람들은 파시드 왕자가 IS에 납치되었다고 알려져 있고, 또 자신들은 구출하라는 의뢰를 받았으니 일단 이곳에서 파시드 왕자를 데리고 나가야만 했다.

그리고 미국에 넘길지, 아니면 사우디에 넘길지는 조금 고민해 봐야 할 문제였다.

파시드 왕자를 구출하라는 의뢰를 한 것은 미국만이 아니었다.

사우디에서도 함께 의뢰를 했기 때문이다.

이번 파시드 왕자 구출 작전에 대한 의뢰비는 무려 1억 달러였다.

미국이 5천억 달러였고, 사우디 왕실에서도 파시드 왕자 구출에 대한 의뢰비로 5천억 달러를 내걸었다.

그런데 정작 파시드 왕자는 인질도 아니었고, 무려 국제 테러 조직인 IS와 한편이었다.

아니, 파시드 왕자 본인이 IS의 간부로 보였다.

감금되어 있다고 생각한 곳은 사실 이곳 캠프의 지휘통제실이었고, 함께 있던 이들도 IS의 간부로 보였다. 그런데 상석은 파시드 왕자에게 양보한 것만 봐도 그가 IS에서 얼마나 대단한 위치에 있는 것인지 알 수 있었다.

그렇기 때문에 홍인규로서는 앞으로의 일이 난감했다.

만약 사우디 왕실에 파시드 왕자의 신병을 넘기게 된다면 또다시 IS로 넘어가 동맹군에 위험한 존재가 될 것이 분명

GREAT
그레이트 코리아
KOREA

했다.

그렇다고 미국에 넘기자니, 그것도 문제였다. 테러 조직에 협력을 하고 있으니 당연 미국에 넘겨서 처벌을 받게 해야 하겠지만, 파시드는 무려 석유 산유국인 사우디의 왕자였다.

만약 파시드를 테러범으로 분류하여 미국에 넘기게 된다면, 사우디와 대한민국의 관계는 크게 틀어질 것이 분명했다.

물론 대한민국도 북한의 숙천 유전을 확보했기에 예전처럼 사우디와 외교적 마찰을 빚는다고 크게 문제가 될 일은 아니지만, 어찌 되었든 국제사회에서 타 국가와 마찰을 빚는다는 것은 결코 좋은 일이 아니었다.

테러범들과 함께 있는 모습이 의심되지만, 일단 의뢰를 받았으니 살려서 데려가야만 했다.

홍인규는 한참을 고심하다 방 안에 있는 캐비닛을 가져와 파시드 왕자를 결박해 안에 넣었다.

그리고 빈틈에 조금 전 챙긴 IS의 작전 서류들을 함께 넣었다.

"나간다."

옆에서 지켜보던 부하 직원에게 목적을 이루었으니 이만

철수한다는 말을 하였다.

"알겠습니다."

철수 명령이 떨어지자 두 사람은 신속하게 방을 빠져나가기 시작했다.

"타깃 확보, 철수한다."

파워 슈트에 내장된 통신기를 이용해 외부에 있는 지킴이 PMC들에게도 무전을 날렸다.

— OK!

지시를 내린 홍인규는 파시드 왕자가 들어 있는 캐비닛을 어깨에 들쳐 메고 방을 빠져나왔다.

홍인규가 방을 나오니 복도에서도 교전이 시작되었는지 먼저 나간 직원이 지하로 내려오는 테러범 몇을 처리한 것이 보였다.

먼저 자리를 잡고 있던 부하는 홍인규가 나온 것을 보고는 다시 앞장서서 계단을 오르기 시작하였다.

하지만 계단을 오르는 동안 더 이상의 교전은 없었다.

언제 왔는지 1층 계단에는 지상을 수색하던 직원들이 자리를 잡은 채 경계를 서고 있었다.

홍인규가 캐비닛을 들고 올라오자 의아한 표정을 짓던 직원 중 한 명이 홍인규에게서 캐비닛을 받아 어깨에 멨다.

GREAT
그레이트 코리아
KOREA

"탈출한다."

"알겠시요."

홍인규의 명령이 떨어지자 대기하고 있던 지킴이 PMC 직원들은 빠르게 주변을 경계하며 건물을 빠져나갔다. 그러고는 탈출 준비를 하고 있던 2조가 있는 곳으로 향했다.

테러범들의 트럭이 있는 곳에서는 아직도 교전이 벌어지고 있었다.

퇴로를 확보하기 위해 남아 있던 2조는 인질을 구출하러 건물 안으로 들어간 1조의 수색을 돕기 위해 일부러 테러범들의 시선을 묶어두며 이곳에서 교전을 벌이고 있었다.

비록 인질을 구출하기 위해 침투한 지킴이 PMC의 숫자가 적에 비해 적긴 했지만, 테러범들은 결코 지킴이 PMC의 적수가 되지 못하고 여기저기 쓰러져 있었다.

테러범들의 화력도 결코 만만한 것은 아니었다. 이곳 테러범 캠프에는 일명 알라의 요술봉이란 별명을 가지고 있는 RPG—7이나 미스트랄 지대공 미사일, 메디티 대전차 미사일도 보유하고 있었다.

테러범들은 이런 휴대용 미사일을 아낌없이 발사하였지만, 지킴이 PMC를 어쩌지는 못했다.

지킴이 PMC들이 착용한 파워 슈트에 개인용 플라즈마 실드 발생 장치가 내장되어 있기 때문이었다.

물론 그 크기가 작기 때문에 휴대용 미사일을 100% 완벽하게 막아낼 수는 없지만, 파워 슈트 자체적으로도 상당한 방탄 기능을 가지고 있었기에 개인용 플라즈마 실드 발생 장치와 결합을 하니 테러범들이 발사한 휴대용 미사일에게도 충분히 견뎌낼 수 있었다.

탕! 탕! 타타타탕!

홍인규와 1조는 건물을 빠져나오다 교전을 벌이고 있느라 훤히 드러난 테러범들의 측면을 몰아치며 2조와 합류하였다.

"조선일이 1호차를 운전하고, 리창수가 2호차를 운전한다."

탈출로를 개척하는 임무를 맡은 2조는 용케 테러범 캠프에서 장갑차를 2대 확보하여 지키고 있었다.

확실히 돈 많은 테러 조직은 가지고 있는 장비도 남달랐다.

그리고 홍인규가 둘러보니 장갑차뿐 아니라 구형이긴 하지만 전차도 가지고 있었다.

러시아제 T—72 전차였는데, 자체 계량을 했는지 포탑에 휴대용 미사일 발사기까지 부착되어 있었다.

부착된 휴대용 미사일은 프랑스의 지대공 미사일인 미스트랄이었다.

아무래도 전차의 최대 천적은 공중에서 공격을 하는 전투기나 공격헬기다 보니 지대공 미사일을 창착한 듯 보였다.

그리고 2조가 확보한 장갑차에도 미사일이 달려 있었는데, 그것은 러시아제 지대공 미사일이었다.

쿠루루룽!

우웅!

장갑차에 시동이 걸리고 이어 웅장한 엔진 소리가 울렸다.

이미 이런 임무에 능숙한지 구대장인 홍인규가 따로 지시를 하지 않았는데도 각자 위치를 잡고 장갑차 안으로 들어갔다.

몇 명은 장갑차에 거치되어 있는 기관총좌에 올랐고, 또 다른 이는 잠금장치가 되어 있는 지대공 미사일을 활성화하여 레이더를 주시하였다.

투타타타! 투타타타!

지킴이 PMC들이 타고 있는 장갑차가 테러범 캠프를 빠져나가며 적을 향해 중기관총을 난사하였다.

투타타탕! 투타타탕!

"뭐하고 있나! 공격해!"

캠프에 침투했던 적이 자신들의 무기인 전투 장갑차를 탈취해 도망치는 모습에 핫산은 멍하니 있는 부하들을 향해 소리쳤다.

탕! 탕! 탕!

소리를 지르면서도 멀어지는 장갑차를 향해 손에 들고 있는 권총을 발사하였지만, 그도 잘 알고 있었다.

자신들이 러시아로부터 구매한 BMP—3는 권총 정도의 무기로는 어떻게 할 수 없다는 것을 말이다.

최소 RPG 정도는 있어야 타격을 줄 수 있었다.

멀어지는 BMP—3의 모습에 핫산은 고개를 돌려 주차장 한쪽에 서 있는 T—72를 쳐다보았다.

그 순간, 핫산의 눈에 불이 켜졌다.

아무리 BMP—3가 강력하다 해도 장갑차일 뿐이다.

장갑차가 아무리 강력해도 전차에게는 당할 수 없었다.

그런 결론을 내린 핫산은 바로 T—72로 뛰어가며 소리쳤다.

"전차 운전병 뛰어와!"

핫산의 고함 소리에 몇 명의 테러범들이 핫산의 뒤를 따라 T—72를 향해 뛰어갔다.

"쫓아라!"

전차에 오른 핫산은 전차장석에 앉아 고개를 내밀고 소리쳤다.

그에 테러범들은 멀어지는 BMP—3를 쳐다보다 정신을 차리고 저마다 주차장에 있는 차량에 몸을 실었다.

부릉!

쿠릉!

이내 전차와 트럭들에서 엔진 돌아가는 소리가 들렸다.

"출발해!"

마음이 급한 핫산은 고함을 지르며 명령을 내렸다.

하지만 요란한 엔진 소리와 다르게 전차와 트럭들은 앞으로 나아가지 못하고 제자리에서 헛바퀴만 돌 뿐이었다.

"어떻게 된 거야! 어서 출발해!"

적을 쫓아가야 하는데 차량들이 움직이지를 않자 핫산은 화가 났다.

경비 책임자인 그로서는 캠프의 경계가 뚫린 것에 대한

책임을 피할 수가 없었다.

이런 사실이 상부에 보고된다면 그는 분명 숙청을 당할 것이다.

아직 피해 사항은 파악이 되지 않았지만, 적이 나온 곳이 간부들이 머무는 본관이라는 것을 감안하면 상당수의 간부들이 죽었거나 납치되었을 가능성이 있었다.

더군다나 적 중에 한 명이 캐비닛을 들고 가는 것을 핫산은 두 눈으로 목격을 했다.

적이 무엇 때문에 캐비닛을 들고 가는 것인지 그 이유는 알 수 없지만, 그 캐비닛 안에는 분명 자신들에게 중요한 무언가를 담겨 있을 것이 분명했다.

그러니 자신이 살아남기 위해서라도 적을 추적해 처리를 해야만 했다.

그렇게 마음은 급한데 무엇 때문인지 전차와 트럭들이 추적을 하지 못하자 핫산은 화가 나 타고 있던 전차에서 뛰어내려 조종수에게 다가갔다.

턱!

"뭐가 문제야! 뭐가 문제인데 출발을 하지 않는 것이야!"

고함을 치며 조종수 앞으로 다가가던 핫산은 그 순간 전차의 하부에서 뭔가 번쩍하는 불빛을 보았다.

GREAT
KOREA

그리고 그것이 핫산이 이 세상에서 본 마지막 광경이었
다.

쾅! 콰콰쾅! 쾅쾅!

전차 저판에 부착되어 있던 폭탄이 터지면서 주변에 있던
트럭에서도 연쇄적으로 폭발이 일어났다.

그리고 주차장 인근에 있던 모든 차량과 건물들에서도 폭
탄이 터졌다.

주차장에서 일어난 폭발로 IS의 캠프 하나가 쑥대밭이
되고 말았다.

주차장 옆에는 당연히 차량을 운행하기 위한 기름 저장고
가 있었는데, 주차장이 폭발하면서 저장고에도 불이 옮겨
붙었다.

그 때문에 지킴이 PMC 2조가 설치했던 폭탄의 폭발력
보다 더 강력한 폭발이 발생하였고, 그 여파로 IS의 캠프
는 완파가 되고 말았다.

한편, IS로부터 탈취한 BMP—3를 타고 IS 캠프를 빠
져 나온 지킴이 PMC는 중간에 대기하고 있던 저격수와
IS 캠프로 다가오던 변수를 막기 위해 빠졌던 인원을 모두
챙겨 사우디에 있는 지킴이 PMC의 캠프로 향했다.

"휘! 휘!"

홍인규는 갑자기 뒤쪽에서 들리는 큰 폭발소리에 뒤를 돌아보다 자신도 모르게 휘파람을 불었다.

"야! 박신영이, 폭죽 한 번 요란하구만!"

자신들이 빠져나온 IS 캠프에서 커다란 폭발이 일어난 것을 확인한 홍인규는 2호차에 타고 있는 2조 조장 박신영을 보며 그렇게 소리쳤다.

2호차에 있던 박신영도 IS 캠프에서 일어난 폭발 소리를 들었는지 뒤를 돌아보다 자신도 모르게 입가에 미소가 걸렸다.

자신이 만든 작품이 성공적으로 완성된 것을 기쁘게 바라보는 화가처럼 커다란 불꽃과 먼지구름을 만들어내고 있는 IS 캠프를 보며 박신영은 만족한 미소를 지었다.

"하하, 별거 아닙네다."

원래 특수부대에 있을 때도 폭파가 주특기였던 박신영이기에 탈출을 위해 러시아제 보병 전투차(BMP—3)를 확보하고 난 후에 주변에 있던 전차와 차량들에 폭탄을 장치하였다.

그것은 탈출한 자신들을 추적하려는 적의 발을 묶기 위한 조치였다.

폭탄을 설치하기 위해 돌아다니던 중 박신영은 주차장 옆에 있는 기름 저장고를 발견하였다.

테러범들은 메케한 화약 내음 탓에 느끼지 못했을 테지만, 사실 주차장 바닥에는 기름이 뿌려져 있었다.

그리고 기름을 먹은 바닥으로 폭발과 함께 불꽃이 옮겨붙었다.

그 때문에 기름 저장고까지 불이 붙으면서 지금의 장면을 만들어낸 것이었다.

이 모든 것은 폭파 전문인 박신영이 치밀하게 계산을 한 결과였는데, 거기서 박신영조차도 미처 생각지 못했던 변수가 한 가지 있었다.

그것은 저장고와 조금 떨어진 곳에 테러범들이 쌓아둔 탄 박스가 있다는 사실이었다.

폭발한 기름통이 하필 쌓아둔 탄 박스가 있는 곳까지 날아가 2차 폭발을 일으켰다.

그 때문에 추적만 늦추려던 것과는 다르게 캠프 자체가 날아가 버렸다.

불타는 IS 캠프를 뒤로하고 지킴이 PMC들은 인질 구출이라는 목적을 이루고 자신들의 본거지로 향하였다.

◆　　◆　　◆

쾅!

화면 가득 커다란 불꽃이 솟아오르고 검은 연기가 피어올랐다.

소리는 들리지 않았지만, 얼마나 큰 폭발이었는지 화면이 흔들릴 지경이었다.

그것만 봐도 화면 안에서 보이는 폭발이 얼마나 심각한 수준인지 알 수 있었다.

위성에서 송출하고 있는 화면을 지켜보던 수한은 폭발 지점을 보고 있지 않았다.

그의 눈은 폭발하는 지점에서 멀어지고 있는 작은 점 두 개를 지켜보고 있었다.

"와!"

"야호!"

짝! 짝! 짝!

위성 통제실 내에 있던 직원들은 테러범들의 캠프가 불꽃을 피워 올리며 폭발하는 장면을 보며 환호하였다.

그도 그럴 것이, 인질을 구출하기 위해 출동한 직원들이 무사히 테러 조직의 캠프에서 빠져나온 것을 확인했기 때문이다.

사실 인질 구출 작전에서 가장 중요한 것은 침투할 때가 아니라 작전이 끝난 뒤 퇴각을 하는 과정이었다.

뒤에서 추적해 오는 적을 어떻게 떼어놓느냐는 것이 작전의 성패를 좌우했다.

일반 작전과 다르게 인질 구출 작전은 말 그대로 적을 사살 또는 제압하는 작전이 아니기에 최우선이 인질의 안전이었다.

그런데 인질 구출 작전에 들어간 지킴이 PMC 구대는 매뉴얼에 나온 그대로 침투와 퇴각로 확보, 추적을 따돌리는 것 등 어느 하나도 하자 없이 깨끗하게 마무리하였다.

중간에 돌발 변수가 발생하였지만, 그것 또한 일부 인원을 따로 떼어 막아냈다.

처음 돌발 변수가 발생했을 때는 현장에 있는 직원들은 물론이고, 이곳 위성 통제실에서 지켜보던 직원들도 무척이나 긴장을 했다.

인질 구출에 나선 지킴이 PMC 구대의 인원이 정규 편성보다 적었기 때문이다.

원래 지킴이 PMC 구대의 정규 인원은 총 30명이다. 그런데 20명만 출동하게 된 것은 지킴이 PMC가 맡고 있는 경계 지역이 너무도 넓어 적은 인원으로 그 경계를 모두 커버하기에는 인원이 부족했기 때문이다.

지킴이 PMC는 대한민국 정부의 의뢰를 받아 국군 대신 파견을 나간 것이다.

즉, 일국이 책임져야 할 자리를 지킴이 PMC에서 책임지다 보니 경계해야 할 지역이 너무도 넓었다.

미국은 처음 대한민국에게 1개 사단 정도의 병력을 요구하였다.

대한민국은 미국의 요구에 고민을 하였다. 넓어진 국경선 때문에 사단급 병력을 뺄 수가 없는 입장이었다.

그래서 궁여지책으로 사단급 전력으로 지킴이 PMC에 의뢰를 하였다.

다행히 지킴이 PMC에는 충분한 인원이 있었다. 다만, 사단급 전력이라고 해서 많은 인원을 보내기보단 최정예로 650명을 보낸 것이다. 물론 그 안에는 행정과 보급을 책임지는 행정 직원이 포함된 숫자였다.

그 때문에 같은 사단급 전력이라고는 하지만 미국의 작전 계획과는 약간 어긋나고 말았다.

사실 미국은 여러 동맹국 중 대한민국에 많은 기대를 하고 있었다.

비록 특수부대는 아니지만 반세기 이상을 북한과 대립하면서 일반 군인들의 수준이 다른 동맹국의 병력보다 높은 수준이라는 것을 잘 알고 있기에 다른 동맹국보다 조금 더 넓은 지역을 할당하였다.

그런데 예상과 다르게 전투력이 높은 특수부대원만으로 전력을 꾸려 보냈으니 미국으로서는 계획에 차질을 빗고 말았다.

하지만 일단 한국, 즉 지킴이 PMC에서는 일단 의뢰를 받고 온 것이니 미국이 지정해 준 지역을 방어하기로 하였다.

원래라면 미국과 다시 협의를 해 경계 지역을 조정했어야 하지만, 당시 한국의 입장이 그런 것을 할 수 있는 상황이 아니었기 때문이다.

그놈의 핵이 문제가 되어 미국과 갈등을 벌이고 있었기에 일단 미국의 입장을 고려해 주는 차원에서 대한민국 정부는 지킴이 PMC에게 맡은 지역에 대한 경계를 부탁하였다.

그리고 이후에 추가로 병력을 더 파견하는 것으로 하였다.

하지만 그것이 말처럼 바로 처리되지 못했다. 국회가 제동을 걸었기 때문이다.

국회의원들은 국가의 예산을 자신들의 호주머니에 든 돈쯤으로 생각을 하는지, 쓸데없는 해외 연수 같은 것에 수십 억씩이나 사용을 하면서 정작 필요한 곳의 예산 집행에는 인색하였다.

저소득층 무상 급식이나 영, 유아 교육비 지원과 같은 복지 사업 예산은 매년 줄이면서 자신들의 업무 추진비나 보조금은 매년 늘려갔다.

막말로 이들 국회의원에게 들어가는 보조금만 줄여도 언급한 복지 사업 예산을 충분히 충당이 가능했다.

무분별한 난개발과 전시 행정에 쓰이는 예산만 줄여도 북유럽의 국가만큼은 아니더라도 충분히 복지국가를 만들 수 있었다.

이번에도 정부에서 부족한 인원을 충당하기 위해 예산을 편성하는 과정에서 국회의원 일부가 정부의 예산 집행을 막았다.

그래서 2차 의뢰가 중단된 상태인 것이었다. 그러다 보니 사우디 왕자 구출 작전에 들어가는 인원을 빼게 되면 방위 지역의 경계에 구멍이 날 수밖에 없었다.

어찌 되었든 경계 지역에 구멍이 생긴다면 지킴이 PMC의 기지는 물론이고, 다른 동맹국들의 기지도 위험해진다.

그 때문에 평양에 있는 지킴이 PMC 본사에서는 수시로 위성을 통해 사우디에 있는 파견 기지를 주시하고 있었다.

아무튼 인원이 부족해 1개 구대에서 다시 10명을 뺀 20명만 인질 구출 작전에 투입되게 되었는데, 다행히 성공을 거둔 것이다.

물론 인질 구출 작전에 투입되는 직원들의 안전을 위해 업그레이드된 파워 슈트를 보내긴 했지만, 일단 간부들 위주로 보급을 하다 보니 모든 인원이 개량된 파워 슈트를 보급 받지 못한 상태였다.

수한은 환호하는 직원들을 뒤로하며 문익병 사장과 함께 자리를 떴다.

수한이 위성 통제실을 빠져나와 간 곳은 바로 문익병 사장의 집무실이었다.

"문 사장님."

"예, 말씀하십시오."

지킴이 PMC의 사장인 문익병은 전문 경영인으로, 수한이 수장으로 있는 민족 수호 단체인 지킴이의 간부이자 라이프 메디텍 사장인 조봉구의 추천을 받아 지킴이 PMC의 사장으로 스카우트한 사람이다.

조봉구 사장으로부터 이미 검증을 받은 사람이기에 안심

하고 회사를 맡길 수 있었다.

"이번 인질 구출 의뢰에 투입된 직원들에게 수당 지급을 하시고, 또 그들이 테러 조직 캠프에서 탈취한 장비는 적절한 가격에 구입을 하세요."

수한은 IS 캠프에서 탈출을 하기 위해 지킴이 PMC 직원들이 탈취한 BMP—3 두 대를 회사 차원에서 구입하는 것으로 이야기를 하였다.

물론 지킴이 PMC에 장갑차가 없는 것은 아니었다. 아니, 오히려 더 뛰어난 성능의 장갑차를 구비하고 있었다.

그럼에도 수한이 문병익 사장에게 그렇게 지시를 내린 것은 어찌 되었든 사우디에 파견을 나간 직원들이 그 장비를 사용할 것이 분명했기 때문이다.

장갑차 두 대는 결코 약한 전력이 아니었다. 더욱이 BMP—3는 화력만 놓고 따지면 전차와도 대결이 가능한 장비였다.

병력 수송 능력이나 화력 측면에서는 지킴이 PMC에서 가지고 있는 장갑차보다 우수했다.

다만, 방어력 측면에서 상대가 되지 않을 뿐이다.

하지만 그 부분도 약간의 개조만 한다면 충분히 사용할 수 있을 것이다.

GREAT
NOREA

그렇게 사용을 하다 중고로 팔 수도 있을 테니, 직원들에게 특별 보너스를 준다는 생각으로 구매를 해도 손해는 아니었다.

막말로 몇 년 뒤면 대한민국의 국경선은 지금보다 세 배 정도 더 넓어질 텐데, 가볍고 기동성이 뛰어난 BMP—3를 국군에 판매하면 직원들에게 구매한 금액 이상을 받을 수 있을 것이란 예상이었다.

사실 그것 말고도 지킴이 PMC의 직원들은 현재 보유하고 있는 장갑차를 운용하는 데 여간 힘겨워하는 것이 아니었다.

구 북한군 출신이다 보니 국군이 사용하던 장갑차의 운용 체계가 낯선 탓이었다.

그런데 러시아제 장갑차인 BMP—3는 그렇지 않았다.

비록 북한에 있던 것이 BMP—3는 아니지만, 북한은 그 이전 버전인 BMP—1이나 BMP—2를 운용했다.

그러니 운영 체계가 비슷할 수밖에 없는 BMP—3가 들어온다면 직원들도 편하게 근무를 할 것이 분명했다.

"그리고 추가 인원 뽑는 일은 어떻게 되고 있습니까?"

수한은 사우디에 파견된 직원들의 안전을 위해 정부에서 의뢰가 들어오기 전에 먼저 추가 인원을 보강하기로 결정을 하고 문병익 사장에게 질문을 하였다.

아무리 특수부대 출신이라고 하지만 계속되는 전투와 긴장된 생활은 사람을 지치게 만드는 법이었다.

아니, 미치게 만든다. 만약 특수부대 출신인 이들이 전투 피로로 인해 미쳐 버린다면 이는 대형 사고나 다름없었다.

살인 기계나 다름없는 특수부대 출신들은 그래서 해외여행도 마음대로 나갈 수 없는 처지였다.

아무튼 수한은 직원들의 안전을 위해 처음 파견을 나간 인원만큼 다시 지원을 보낼 생각이었다.

"예. 현재 가용할 수 있는 직원 중에서 지원자를 뽑고는 있는데, 지원자가 너무 많아 추리고 있는 중입니다."

질문에 답하는 문병익 사장의 말을 들은 수한은 눈이 동그래졌다.

"아니, 지원자가 얼마나 되기에 아직까지 뽑고 있는 것입니까?"

사실 수한이 파견 나갈 인원을 차출하라는 지시를 내린 지 벌써 일주일이 넘었다.

한데 지금쯤이면 모든 인원이 선발되었을 것이라 생각했던 것과 다르게 아직까지 선발 중이란 말에 놀람을 감출 수가 없었다.

지원자가 얼마나 많기에 아직까지 선발이 끝나지 않은 것인지 궁금해진 수한은 다시 물어보지 않을 수가 없었다.

"그게… 사무직 직원을 빼고, 현재 파견을 나가 있는 인원 2,500명을 뺀 남은 직원 전부 이번 해외 파견에 지원을 하였습니다. 그래서 그중에서 가장 우수한 인원을 차출하기 위해 지금까지 시험을 보고 있는 중입니다."

"헐……."

수한은 문병익 사장의 말을 듣고 기가 막혔다.

다른 것도 아니고, 목숨을 건 현장에 파견을 나가는 일이었다.

물론 생명 수당이라 해서 더 많은 월급이 지급되기는 하지만, 그렇다고 사무직을 뺀 전 직원이 지원을 했을 것이라고는 전혀 예상하지 못했기 때문에 수한은 놀랄 수밖에 없었다.

지킴이 PMC에서는 일단 직원들에게 기본급으로 150만 원을 지급하고 있는데, 언뜻 보기에 너무 적은 것이 아닌가 하는 생각도 들 수도 있었다.

일단 지킴이 PMC에서는 직원들에게 4대보험은 물론이고, 1년에 두 차례 직원들에 대한 종합검진을 받을 수 있게 의료비를 지원하고 있었다.

그리고 이는 직원뿐 아니라 그 가족들에게도 동일하게 지원을 하고 있었다.

뿐만 아니라 수술이나 큰돈이 들어가는 중병에 걸렸을 때에도 회사에서 전액 보조를 해줬다.

물론 이건 월급 외적으로 회사에서 지원을 해주는 복지 정책일 뿐이었다. 일단 월급 중에서 기본급 150만원 +a 로, 파견을 나갔을 때에는 근무 수당과 위험 수위에 따라 차등 지급되는 생명 수당과 교전이 벌어지게 되면 지급되는 교전 수당 등 각종 수당이 붙게 되어 있었다.

IS와 전쟁을 선포한 미국 덕분에 사우디로 파견을 나간 지킴이 PMC 직원들은 이런 절차로 최소 1,000만 원 이상의 월급을 받고 있었다.

물론 월급은 90%가 지정된 급여 통장으로 지급되고, 나머지 10%는 현장에서 지급하고 있었다.

이는 직원들이 한 달 내내 파견 본부 내에 머무는 것은 아니기 때문이다.

하다못해 일주일에 한 번 비번일 때, 휴식을 위해 큰 도시로 나가 여가를 즐기기도 해야 하기 때문에 급여의 10%를 현장에서 달러로 지급을 하고 있었다.

그리고 이번에 인질 구출 작전을 벌인 구대처럼 특별 임무를 받게 되면 수당은 더욱 늘어나게 된다.

이런 일은 특별 수당이라고 해서 건당 수당이 정해지는
데, 북한 출신 직원뿐만 아니라 남한 출신이라고 해도 큰
금액이 주어진다.

그러니 당연히 전 직원이 지원할 수밖에 없는 것이다. 더
욱이 이번처럼 적의 물자를 탈취해 가지고 온 것을 회사에
서 수매하게 된다면, 이는 수당과는 별개로 작전에 나갔던
직원들 개인의 과외 수입인 셈이었다. 만약 그 소식이 전해
진다면 전보다 더 열정적으로 달려들 것이 분명했다.

"그럼 그건 문 사장님께서 알아서 해주시고, 새롭게 충원
되는 직원은 어떻게 하고 있습니까?"

수한은 이번에는 다른 질문을 하였다.

지킴이 PMC는 지금도 꾸준히 특수부대 출신의 직원을
모집하고 있었다.

북한 지역에는 아직도 많은 숫자의 구 북한 특수부대 출
신 실업자가 상당히 많기 때문이었다.

대한민국 정부의 입장에서는 너무도 많은 구 북한 특수부
대 출신들을 계속해서 데리고 있을 수 없었다.

어느 정도 감당할 숫자라야 기존 특수부대에 편입을 시키
든가 할 것인데, 20만은 너무도 많았다.

통일 이전까지만 해도 대한민국의 특수부대원은 총 4만 7천 명 정도였다.

그런데 북한 출신 특수부대원은 그 네 배가 넘는 인원인 것이다.

상황이 그렇다 보니 이들을 모두 수용하려다가는 오히려 잡아먹힐 우려가 있었다.

그래서 정부에서는 적정 수의 숫자를 남기고 정리하기로 결정을 내렸다.

다만, 한꺼번에 그들을 퇴출을 시킨다면 사회에 큰 혼란을 야기할 수도 있고, 또 잘못하면 금강산으로 숨어든 구 북한군 지휘관들과 합류를 할 수도 있기에 함부로 군에서 내보낼 수도 없었다.

그러니 특수부대원들에 대해 점진적으로 숫자를 줄이는 방법을 사용할 수밖에 없다는 결론을 내렸다.

그나마 다행이라면 북한 지역에 진출한 기업들이 불안정한 치안 사정을 고려해 자체적으로 경호 인력을 늘려가고 있다는 점이었다.

일부 기업들은 크게 사업을 하다 보니 군에서 제대하는 전역자 위주로 경비원을 충원하였고, 또 대기업 중 일부는 아예 특수부대 출신들을 모집해 경비 회사를 차리기도 하였다.

물론 간부 직위에는 잘 알고 있는 사람들로 지도부를 꾸리고 남은 인력을 북한군 출신들로 채웠다.

그 때문에 정부에선 안심하고 잉여 인력을 전역시킬 수 있었다.

그리고 구 북한군 출신들도 정부의 그런 정책에 그리 반발을 하지 않았는데, 군에 있는 것보다 더 많은 돈을 벌 수 있기 때문이었다.

예전 북한 정부가 통치할 때야 군이 최고였지, 지금은 세상이 바뀌었다.

먹고살기 위해 굳이 위험하고 힘든 군대에 있을 필요가 없는 것이다.

사회에 나가면 군인 월급의 몇 배를 벌 수 있다는 말을 듣고 전역을 하는 북한 출신 군인들이 늘어났다.

북한 출신 군인들이 한꺼번에 전역을 하며 사회에 쏟아져 나와 작은 소란은 있었지만, 그것도 사회가 바뀌면서 어차피 겪어야 할 과정이기에 사람들은 그런 혼란은 쉽게 이해하고 넘어갔다.

아니, 이미 북한 지역에도 자본주의 사상은 진즉에 들어와 있었다.

북한 정부가 있을 때에도 자본주의 개념의 장마당이 섰고, 중국에서부터 밀수입을 하여 물건을 장만하기도 하는 등 경제활동이 이루어졌다.

그러니 통일이 되고 보다 많은 물자들이 북한 지역에 들어오고, 또 놀고 있는 황야(荒野)에 건물들이 들어서고 도시가 만들어지면서 돈이 돌기 시작하자 그런 혼란은 아무도 신경 쓰지 않았다.

북한 지역 주민들의 최대 관심사는 잘 먹고 잘사는 것이었다.

잘 먹고 잘살기 위해선 돈이 필요하다는 것은 어린아이도 아는 사실이다.

그렇기에 혼란에 빠져 허둥대기보다는 북한 지역에 새롭게 들어서는 회사나 각종 공사 현장에 취직하기 위해 노력을 할 뿐이다.

"예. 이 시간에도 따로 창구를 마련해 지원서를 받고 있습니다."

"좋아요. 계속해서 인원을 충원하세요. 다른 회사들이 눈치를 채고 경쟁에 뛰어들기 전에 먼저 인재들을 보다 많이 구해야 합니다."

수한은 현재 민간 군사 기업인 지킴이 PMC 외에도 경비원을 파견하는 경비 용역 회사도 따로 운용하고 있었다.

초기 지킴이 PMC를 설립했을 때는 구분 없이 한꺼번에 수용을 했지만, 그러다 보니 경비원으로 뽑히는 이들과 PMC로 뽑히는 직원 간의 위화감이 조성되었다.

물론 경비원으로 뽑히는 인원이라 해도 대우가 나쁜 것은 아니었지만, 일단 PMC는 경비원들에 비해 위험수당이란 것과 업무상 의뢰비용이 다르기 때문에 어쩔 도리가 없었다.

복지 부분이야 수한이 똑같이 해준다 해도 그런 부분에서 급여가 차이 날 수밖에 없는 것이다.

그러다 보니 시간이 흐르면서 불만의 목소리가 들려오기 시작했다.

업무가 다르기에 나오는 차이이긴 하지만, 상대적 박탈감이란 것은 그런 사정을 알고 있다고 해서 이해되는 것이 아니기 때문이다.

그래서 나온 조치가 모집은 함께하지만 회사는 분리해 따로 설립하였다.

두 집단이 만나지 않는다면 서로 비교를 하지도 않을 것이기에 상대적 박탈감을 느끼지는 않을 것이란 생각에서였다.

그리고 그런 생각은 정확하게 맞아떨어졌다.

PMC 직원에 비해 상대적 박탈감을 느끼던 경비원들이 비슷한 처지에 있는 다른 북한 주민들과 이야기를 하다 현실을 자각하게 된 것이다.

다른 사업장의 경비원으로 들어간 주민들보다 대우를 잘 받고 있다는 사실을 알게 되면서 PMC 직원들에게 느끼던 상대적 박탈감에서 벗어날 수 있게 되었다.

"참, 이번 인질 구출 작전에 들어갔던 인원들에게는 작전을 임했던 모든 상황들을 서면 보고하라고 하세요."

수한은 문병익 사장과 이야기를 끝내고 나가려던 차에 생각난 것이 있어 그렇게 지시를 내렸다.

인질 구출 의뢰를 처음 받았을 때는 별 이상을 느끼지 못했지만, 시간이 흐르면서 뭔가 정상적이지 않다는 느낌을 받았다.

그래서 작전을 펴는 내내 긴장을 하며 위성으로 지켜보았다.

다행히 직원들의 능력이 탁월해 무사히 빠져나오는 것을 확인하며 한숨을 돌렸지만, 아무튼 뭔가 이상한 예감에 직접 작전 당시 상황을 체크하려는 것이었다.

쾅!

"뭐야! 쿠웨이트에 있는 캠프가 전멸했다고? 설마 미국이 작정을 한 건가? 어떻게 된 일이야?"

IS 수장인 압둘라 파시 알 하지즈는 방금 들어온 캠프 한 곳이 전멸했다는 보고에 화가 머리끝까지 나 소리쳤다.

비록 쿠웨이트에 있는 캠프가 200명가량의 적은 인원이 있던 규모이기는 하지만, 그래도 일단 이슬람 국가를 선포한 자신들의 군대였다.

더욱이 그곳은 단순 캠프가 아니라 쿠웨이트를 점령하기 위한 전초기지의 성격을 가진 캠프였다.

그래서 전차며 장갑차가 있었던 것이다. 그런데 장갑차 두 대는 적에게 탈취당하고, 캠프에 있던 기름이나 각종 무기들은 물론이고, 병력까지 모두 몰살을 당했다.

캠프는 말 그대로 초토화가 되어 개미 새끼 한 마리 남은 것이 없었다.

캠프가 있던 장소는 전쟁터가 된 것처럼 불에 그슬린 건물 잔해만 여기저기 널려 있고, 타다 남은 시체 조각만이 덩그러니 굴러다니고 있었다.

"미군에 잠입한 전사에게선 그런 보고를 받지 못했습니다."

"그럼 누구란 말이야! 설마 저 힘도 없는 쿠웨이트 왕가가 우리의 전사들을 죽였단 말인가!"

압둘라는 보고를 하는 부하에게 소리쳤다.

중동에서 쿠웨이트는 정말이지 아무런 힘도 없으면서 돈만 많은, 그런 국가였다.

알라신의 축복으로 작은 땅덩어리에서 솟아나는 석유만이 전부인 나라였다.

하지만 왕가는 부패해 국민들의 지지를 잃은 지 오래.

그딴 나라에게 용맹한 이슬람 전사인 자신의 부하들을 죽일 역량이 없다고 생각한 압둘라는 캠프를 파괴한 적을 어떻게든 찾아내 보복을 하고 싶었다.

"찾아라, 찾아! 우리 형제를 죽인 자들에게 신의 이름으로 피의 복수를 하고 말겠다!"

압둘라는 신의 이름으로 형제들의 복수를 하겠다는 선언을 하였다.

그런 압둘라의 모습에 회의장에 있던 이들은 손을 번쩍 치켜들며 고함을 쳤다.

"피의 복수를!"

"피의 복수를!"

회의장 모두가 피의 복수를 외치자 압둘라는 뭐가 그리

만족스러운지 입가에 미소를 머금었다.

'음, 캠프가 전멸을 했다면 그곳에 있던 파시드도 죽었겠군.'

압둘라는 캠프가 전멸했다는 보고를 받고 다른 생각을 하였다.

사실 IS 내에서도 수장인 자신을 위협할 만한 세력을 가지고 있는 이들이 몇 있었다.

IS가 정식 국가로 인정받게 되면 그들과 칼리프의 자리를 두고 경쟁해야 한다.

그런데 이번에 경쟁자 중 한 명이 탈락을 한 것이나 다름없었다.

비록 캠프 한 곳이 파괴된 것은 아깝지만, 압둘라에게 경쟁자가 사라졌다는 기쁨보단 못했다.

그러하였기에 겉으로는 형제를 죽인 자들에게 복수를 외치지만, 그의 속내는 적이 무척이나 고마웠다.

정말 옆에 있기라도 한다면 고마움의 표시로 자신의 비자금이라도 나눠 주고 싶은 심정이었다.

물론 그건 마음만 그럴 뿐, 만약 정말로 옆에 있다면 남은 경쟁자와 자신을 따르는 지지자들을 위해서라도 잔인한 복수를 할 것이다.

"하킴!"

"예!"

"이번 일을 벌인 범인들을 찾아라. 그놈들은 우리의 성전을 더럽혔다. 율법에 따라 우리는 형제들의 영혼에 안식을 주기 위해 피의 복수를 해야만 할 의무가 있다."

"알겠습니다."

IS의 정보국장인 하킴 아지즈 알 후세인은 수장인 압둘라의 말에 바로 대답을 하고 밖으로 나갔다.

그는 각국에 퍼져 있는 스파이들을 이용해 쿠웨이트에 있는 캠프를 괴멸시킨 적을 찾아낼 작정이었다.

그리고 적의 정체가 파악된다면 그에 대한 보복을 할 것이라 다짐을 하였다.

사실 그 캠프에는 자신의 아들도 있었기에 더욱 범인을 찾는 데 최선을 다할 작정이었다.

'마호메드, 기다리거라. 널 죽인 자들을 꼭 찾아내 네 복수를 해주겠다.'

복도를 걸어가면서 하킴은 마음속으로 그렇게 복수를 다짐했다.

6.
청문회

파주, 라이프 메디텍 연구소.

라이프 메디텍의 파주 연구소는 원래 이름은 천하 컨소시엄 파주 연구소였다.

하지만 컨소시엄이 해체되면서 수한은 이곳 연구소를 라이프 메디텍 명의로 구입하였다.

천하 컨소시엄 파주 연구소가 원래 천하 디펜스에서 구입한 곳이기에 컨소시엄이 해체되었어도 연구소의 소유권은 천하 디펜스에 있었다.

그러던 것을 수한과 공동으로 연구를 계속했으면 하는 생각을 가지고 있던 정명환 회장이 수한에게 넘긴 것이었다.

물론 서류상으로야 천하 디펜스와 라이프 메디텍이 거래를 한 것이지만, 라이프 메디텍이 수한의 소유이니 결국에는 마찬가지였다.

다만, 법인이 구입을 하는 것이 세금을 줄일 수 있는 길이기에 그렇게 계약을 했을 뿐이다.

아무튼 수한은 아침에 라이프 메디텍 연구소로 이름을 바꾼 파주 연구소로 출근을 하였다.

"좋은 아침입니다."

북한 지역 점검을 끝내고 돌아온 수한은 계획보다 목표를 초과 달성한 사업 성과에 기분이 너무도 좋았다.

대한민국의 식량 자급률을 높이기 위해 설립한 식량 회사도 대풍의 영향으로 작년 대비 식량 수확량이 2/3이나 올랐다.

그리고 북한군 출신을 모아 만든 경비 용역 회사도 북한 지역에 진출한 회사들과 계약을 맺어 순조롭게 순항을 하고 있었다.

뿐만 아니라 나중에 중국에게 동북 3성을 돌려받았을 때를 대비하기 위해 만든 PMC는 정말이지 생각지도 못한 대박 행진을 하고 있었다.

전문 경영인을 대표로 앉혀서 그런지, 설립 2년 만에 벌써 초기 투자금을 모두 회수한 것은 물론이고, 초대형 의뢰를 성공적으로 마쳐 그 네임 벨류를 높였다.

지킴이 PMC가 구 북한군 특수부대 출신들로만 구성된 PMC라는 것이 알려지면서 세계 각국에서 의뢰가 속출하고 있었다.

그러한 내용을 모두 보고 온 수한이기에 기분이 너무도 좋은 것이다.

이제는 더 이상 북한 지역에 벌이고 있는 사업에 지원금을 투입할 이유가 없어졌다.

아니, 또 다른 사업을 하게 된다면 모르겠지만, 아무튼 앞으로 북한 지역으로 더 이상 자금을 보낼 필요가 없을 정도로 북쪽에서 벌인 사업은 대성공을 거두었다.

수한은 기분 좋게 자신의 사무실로 들어가기 전에 비서인 한아름에게 인사를 하였다.

청소를 끝낸 뒤 자리에 앉아 근무 준비를 하던 한아름은 자신의 상사이자 이곳 연구소 소장인 수한의 인사에 얼른 대답을 하였다.

"박사님, 나오셨어요. 무슨 기분 좋은 일이 있으신가 봐요?"

한아름은 수한의 밝은 모습에 기분이 좋은 것 같아 가볍게 물었다.

그녀의 물음에 수한은 더욱 밝게 미소를 지으며 대답을 하였다.

"네. 요즘 하는 일이 잘되어 기분이 무척 좋네요. 아름 씨도 좋은 일만 있기를 바라요."

한아름의 인사에 수한은 가볍게 답변을 해주고 사무실 안으로 들어갔다.

수한의 뒷모습을 잠깐 응시하던 한아름은 다시 하던 일을 계속했다.

아침에 온 우편물을 분류해 수한에게 넘기면 되는 일이었다.

사안별로 분류하여 급한 것을 가장 위에 올려 가져다주면 되는, 무척이나 간단한 일이었다.

"어? 국회에서 온 것이네?"

한아름은 우편물을 분류하던 중 국회에서 온 등기우편을 발견하였다.

등기우편은 여러 곳을 거쳤는지 조금은 지저분해져 있었다.

소인이 무척이나 많이 찍혀 있는 것으로 보아 등기우편이 발부된 지 좀 시간이 흐른 것 같아 한아름은 얼른 그것을 들고 수한의 사무실로 갔다.

아름이 판단하기에 아무래도 그것이 가장 급히 확인해야 할 것 같아서였다.

똑! 똑! 똑!

"박사님, 잠시 들어가겠습니다."

"네, 들어오세요."

비록 한아름이 비서이긴 하지만 수한은 결코 말을 놓지 않았다.

사실 연구소 소장이라면 아무리 젊더라도 50대는 되는, 나이 지긋한 박사를 연상하기 십상이었다.

하지만 수한은 이제 겨우 20대 중반의 젊은이였다. 무척이나 똑똑한 머리를 가지고 태어났으며, 그에 걸맞게 능력도 있었다. 거기에 배경 또한 대한민국에서 손에 꼽을 수 있는 대기업 오너 일가의 혈손이었다.

그러다 보니 젊은 나이에 연구소 소장이 될 수 있었다.

만약 그만한 배경이 없었더라면 아무리 능력이 좋아도 소장 자리에 오를 수는 없었을 테지만, 모든 것을 갖춘 완벽남이었기에 젊은 나이에 연구소장이 되었다.

하지만 그렇다고 수한이 자신의 배경을 믿고 설치는 막무가내 단무지는 아니었다.

경우를 알고 남을 배려할 줄 아는, 선비 같은 위인이 바로 수한이었다.

그러니 비서인 한아름에게도 막말을 하지 않고 인격적으로 대우를 하는 것이었다.

"무슨 일이 있나요?"

수한은 이른 시간에 자신을 찾는 한아름의 모습에 의아한 표정으로 물었다.

한아름은 얼른 자신이 들고 온 등기를 수한에게 보여주었다.

"우편물을 확인하다 등기우편 하나를 보았는데, 아무래도 급한 것 같아 가져왔습니다."

그녀가 내미는 손에는 등기우편이 들려 있었다.

수한은 한아름이 건네는 등기우편을 받아 봉투를 확인했다.

"국회?"

"예. 국회에서 온 것인데, 아무래도 이곳 이름이 바뀐 것을 모르고 그냥 우편을 보냈다가 여러 곳을 전전하며 다시 온 것 같습니다."

"알겠습니다. 나가보세요."

"예. 그럼 나가보겠습니다."

"네, 수고해 주세요."

수한은 자신에게 온 등기우편에 시선을 고정시킨 채로 한 아름의 인사에 답변을 하였다.

탁!

사무실 문이 닫히는 소리가 들리자 수한은 등기우편을 뜯어 내용물을 읽기 시작하였다.

정수한 님, 안녕하십니까.

⋯⋯이런 이유로 귀하께서는 국정감사의 참고인으로 선정이 되었기에 xx월 xx일 오전 10시까지 국회로 출석하여 주십시오. 만약 불참한다면 사업상 불이익을 받을 수 있으니 꼭 참석을 해주시기 바랍니다.

등기의 내용은 별거 없었다.

그저 수한에게 국정감사의 일로 국회로 오라는 내용이었다.

그런데 웃긴 것은 그 내용이 정중한 듯 보이지만 문구의 내용을 자세히 살펴보면 마치 조사 대상을 소환하듯 강제하고 있는 것이었다.

만약 수한이 참석하지 않으면 불이익을 주겠다는 협박까지 들어가 있었다.

국정감사라는 것은 정부 부처가 한 해 동안 일을 잘했는지, 아니면 못했는지에 대하여 국민을 대신해 국회의원들이 감사를 하는 일이다.

그런데 요즘 국회의원들은 마치 왕조 시대의 대신들이 죄인을 국문하듯 큰소리로 질타만을 해 댈 뿐이었다.

그런 것으로 자신이 일을 열심히 하고 있는 것이라 생각을 하는 것인지, 정말이지 알 수가 없었다.

수한이 보기에는 정말이지 똥 묻은 개가 겨 묻은 개 나무라는 것만 같았다.

마음 같아서는 참석을 하고 싶지 않았지만, 그 또한 국민의 의무이기에 등기에 표시된 날짜에 참석을 하기로 하였다.

'그런데 무슨 일로 날 국회로 소환한 것이지?'

수한은 무엇 때문에 자신을 국회에서 소환하려는 것인지 그 이유를 알 수가 없어 머릿속이 복잡하였다.

탕!

"지금 그것을 답변이라고 하는 것입니까? 국민의 세금을 그렇게 허투루 낭비해도 되는 것입니까?"

국정감사를 위해 정부 부처 장관을 불러들여 질의를 하고 있는 의원들의 모습은 그야말로 가관이었다.

그들은 질의 답변자가 나오면 답변을 듣기도 전에 먼저 탁자를 내려치며 마치 윽박지르기 경쟁이라도 하듯 소란을 떨고 있었다.

수한은 지금 여러 명의 증인들과 함께 뒷자리에 자리하고 있었다.

그런데 증인들 중에는 자신의 친할아버지도 자리해 있었다.

"어, 할아버지. 여긴 어쩐 일이세요?"

수한은 증인들이 대기하는 방에 설치된 TV 모니터를 보느라 정대한 회장이 와 있는지도 몰랐다.

TV에서 흘러나오는 국정조사 화면을 보다가 참으로 쓸데없는 짓이라는 생각에 주변을 돌아보다 발견하게 된 것이었다.

"음… 수한이, 너도 와 있었던 것이냐?"

"예. 뭔 조사할 것이 있다고 하네요."

수한은 별거 아니란 듯 말을 했지만, 정대한 회장의 표정은 결코 좋지 못했다.

그의 귀에 들어온 정보에 의하면, 이번 국정감사는 내년에 있을 대통령 선거를 겨냥해 정부를 흠집 내기 위한 자리란 소문이 있었기 때문이다.

그동안 천하 그룹이나 수한은 정부와 함께 손발을 맞춰가며 참으로 많은 것을 이룩하였다.

특히나 통일 직후, 국경 지역에서 벌어진 중국과의 교전을 승리로 일군 2기갑사단의 주력이 바로 수한과 천하 그룹 산하의 천하 디펜스가 주축이 된 천하 컨소시엄에서 개발한 신형 전차였다.

교전 패배 때문에 그동안 큰소리를 쳐오던 중국이 한국에 양보를 하여 3년 뒤면 그들이 차지하고 있던 동북 3성을 양도하기로 합의를 보았다.

하지만 욕심밖에 낼 줄 모르는 국회의원들은 통일을 이룩하고, 또 민족의 자존심을 세운 정부의 흠집을 잡기 위해 여당이나 야당 모두가 작당을 하고 있었다.

그렇기에 지금 국회 내에서는 정부 부처 장관들을 불러 의미 없는 질타를 하고 있는 것이었다.

국정감사는 핑계일 뿐이고, 근거 없는 호통만이 만연하고 있었다.

시간은 지루하게 흘러갔다.

수한이 느끼기에 참으로 비효율적인 시스템으로 국정감사가 이루어지고 있었다.

언제 시작될지도 모르는 참고인 답변을 하기 위해 바쁜 기업인들을 아침부터 불러내 하염없이 시간을 허비하고 있었다.

그렇다고 질의를 할 때 내용이 중요하냐면, 또 그렇지도 않았다.

이미 다 아는 내용을 마치 고장 난 카세트마냥 반복하고 있었다.

여당 의원이 물은 질문을 야당 의원이 또다시 물어보곤 했던 것이다.

이런 국정감사라면 초등학생들을 데려다 놓아도 할 수 있을 것 같았다.

시간이 흘러 감사도 어느 정도 진행이 되어선지 참고인으로 참석했던 많은 사람들이 방을 빠져나갔다.

하지만 점심시간을 넘기고, 또 한참을 지나 오후 5시가 되어가는데도 수한의 순서는 아직 멀었기에 자리에 남아 있을 수밖에 없었다.

아침 10시까지 출두하라고 해서 아침 일찍 국회로 왔다.

하지만 벌써 일곱 시간 가까이 대기만 하고 있으니 속에서 열불이 나는 수한이었다.

'지금 이게 뭐하자는 것이야!'

바쁜 사람을 불러다 놓고 뭐하는 것인지, 정말이지 알 수가 없었다.

"정수한 씨, 의원님들이 부르십니다."

그때, 누군가 와서 수한을 찾았다.

이제야 수한이 증언을 할 시간이 된 것이었다.

수한은 자리에서 일어나며 방 안에 걸린 시계를 쳐다보았다.

시간은 오후 5시 17분. 정확히 수한이 이곳에 도착한 지 일곱 시간하고도 45분이 지난 시간이었다.

웅성웅성!

국정감사가 벌어지고 있는 회의장 안은 무척이나 소란스러웠다.

몇몇 의원들은 상대를 향해 손가락질을 하고 욕을 하는 등 한마디로 난장판이었다.

수한은 안내인이 인도하는 대로 따라가 단상에 섰다.

단상에 서자 말싸움을 벌이던 국회의원들이 시선을 수한

에게 고정시키며 각자 테이블 위에 있는 서류들을 살피기 시작했다.

조금 뒤면 국토부에 대한 감사가 시작될 것인데, 국토부와 수한에 대한 내용이 있기에 그것을 철저히 파헤치려는 것이다.

자료를 검토하던 국회의원 중 한 명인 이한영은 문득 한 달 전 대산 중공업 회장을 만났던 일이 기억났다.

"의원님, 그동안 격조했습니다."

대산 중공업 회장 김태평 회장은 제1야당인 민족당의 국회의원인 이한영을 보며 반갑다는 듯이 인사를 건넸다.

몸이 멀리 떨어져 있어 서로 만나지 못했다는 말을 하고 있지만, 사실 이한영이 야당의원이었기에 잘 만나지 않은 것뿐이었다.

물론 그런 속내를 잘 알고 있기에 이한영은 아무 말도 하지 않았다.

그저 평소에는 왕래도 없던 그가 무엇 때문에 자신을 찾은 것인지 알 수가 없어 궁금해 할 뿐이었다.

"예, 그간 우리가 격조했지요."

이한영은 말속에 약간의 뼈를 담아 김태평의 말을 받았다.

하지만 그런 것을 느끼지 못할 김태평이 아니었다.

그 또한 정치판은 아니지만, 결코 그보다 못하지 않은 재계에서 잔뼈가 굵은 사람이 아니던가.

그러니 이한영 의원의 말에 심기가 불편해지기는 했지만, 일단 부탁을 해야 하는 입장인 김태평으로서는 웃으며 말을 받았다.

"예. 앞으로는 시간을 쪼개서라도 자주 찾아뵙겠습니다."

"예, 예. 자주 만나 사회 돌아가는 이야기나 나라 살피는 이야기도 하고 그래야지요."

김태평이 가시가 있는 자신의 말에 능글맞게 대처하자 이한영도 더 이상 그에 관해선 언급을 하지 않고 말을 돌렸다.

상대가 먼저 화해의 손을 내미는데 계속해서 각을 세울 필요는 없기 때문이었다.

"그래, 무슨 일로 날 보자고 한 것이오?"

이한영은 김태평에게 자신을 보자고 한 이유를 단도직입적으로 물었다.

"하하, 의원님이 바쁘신 것은 잘 알지만, 그래도 그럴수록 식사는 잘 챙겨 드셔야 하지 않겠습니까? 제가 의원님을 대접하고 싶은데, 어떻습니까?"

자신의 질문에 엉뚱한 대답을 하는 김태평의 얼굴을 들여다본 이한영은 잠시 말을 하지 않고 가만히 있었다.

"뭐, 제게 긴히 할 이야기가 있는 것 같으시니, 시간을 내보죠."

마치 마지못해 이야기를 들어준다는 듯 말을 꺼낸 이한영이 김태평을 따라나섰다.

두 사람이 향한 곳에는 이미 올 것을 알고 있었는지 한상 가득 미리 차려져 있었다.

"자자, 이쪽으로 앉으시지요."

김태평은 마치 자신이 주인인 양 이한영을 상이 차려져 있는 곳으로 인도하였다.

그의 안내를 받으며 자리에 앉은 이한영은 조용히 김태평이 하는 양을 지켜보기로 했다.

"한 번 드셔보십시오. 이곳 음식은 여느 곳과 다를 것입니다."

하도 보채는 김태평의 말에 이한영은 젓가락을 들고 음식의 맛을 한 번 보았다.

'이런! 이렇게 기가 막힌 맛이 있다니!'

젓갈류를 좋아하는 이한영은 가장 먼저 자신이 좋아하는 명란젓에 젓가락을 놀려 맛을 보았다.

입안으로 들어간 명란젓은 이루 형언할 수 없을 정도로 그를 기분 좋게 하였다.

단순한 명란젓이었지만 지금까지 이한영이 한 번도 경험해 보지 못한, 기막힌 맛이었다.

자신의 입맛에 맞는 음식이 있어서일까?

이한영은 차분히 식사를 즐겼다.

김태평이 건네주는 술도 조용히 받아먹으며 기분이 풀어진 이한영에게 처음 그를 만났을 때 내보인 적대감은 눈을 씻고 찾아봐도 없었다.

식사가 끝나고 술도 어느 정도 들어가자 김태평은 이한영에게서 자신에게 각을 세운 감정이 사라졌다는 것을 느꼈다.

그리고 본격적으로 이야기를 하기 시작했다.

"의원님, 제가 이렇게 의원님을 뵙자고 한 이유는 너무도 억울한 일을 당해서입니다."

김태평은 밑도 끝도 없이 말을 꺼냈다.

그런 김태평의 말에 이한영은 조금 의아한 표정을 지었

다.

대산 중공업이 삼정이나 현재 그룹처럼 대기업은 아니지만, 그래도 재계 순위 100위 안에 들어가는 굴지의 기업이었다.

그런데 억울한 일을 당했다는 말을 하자 의문이 든 것이다.

그런 이한영의 표정을 읽었는지 김태평은 하소연을 하기 시작했다.

"의원님도 잘 아실 것입니다. 2년 전, 압록강 전투의 승리의 주역이 무엇인지 말입니다."

김태평은 2년 전이나 된 일을 상기시키며 운을 뗐다.

"당시 저희 대산 중공업은 천하 그룹의 계열사인 천하 디펜스와 컨소시엄을 형성해 국방부가 추진하는 신형 주력 전차 개발에 뛰어들었습니다. 그리고 우수한 기술자들의 노력으로 대한민국을 지키는 육군의 차세대 주력 전차로 선정이 되었지요."

차세대 주력 전차로 선정되었다는 말을 한 김태평은 목이 타는지 컵에 담긴 물을 한 모금 마시고 다시 말을 이었다.

"그렇게 공동으로 연구를 했는데, 천하 그룹에서 차세대 주력 전차의 핵심 부품을 마치 개인의 물건인 것처럼 꾸며

가로챘습니다. 그러니 이렇게 억울할 데가 어디 있겠습니까?"

김태평은 진실과 거짓을 교묘하게 섞어 이한영에게 하소연을 하였다.

그는 곧 있을 국정감사 때 문제를 야기시키기 위해 일부러 이한영을 만나 이야기를 꺼낸 것이다.

이한영은 김태평의 이야기를 들어보니 억울할 수도 있겠다는 생각이 들었다.

공동으로 연구를 했으면 공동 소유권이 발생하는 법인데, 가진 힘을 이용해 개인이 차지한다는 것은 말도 되지 않는 일이었다.

"그것뿐만이 아닙니다. 천하 그룹은 이번 정권과 결탁을 하여 많은 이득을 보았는데, 자신들이 직접 특혜를 받기에는 눈치가 보이니 손자인 정수한을 내세워 북한의 너른 평야를 싼값에 불하 받았습니다."

담담히 이야기를 듣고 있던 이한영은 특혜를 받았다는 이야기가 나오자 눈이 커졌다.

"그게 사실입니까?"

자신도 모르게 진실 여부를 물어보는 이한영이었다.

이미 그런 반응을 보일 거라 예상하고 있던 김태평은 식탁 밑에 있던 서류 봉투를 꺼내 이한영에게 내밀었다.

"이것을 보십시오. 제 말이 거짓인지 사실인지 확인하실
수 있을 것입니다."

김태평이 넘겨준 서류 봉투를 열어 그 내용물을 확인하던
이한영은 그만 두 눈이 커졌다.

봉투 안에 들어 있는 서류에는 천하 그룹 정대한 회장의
손자인 정수한의 재산 변동 사항이 적혀 있었다.

그중에서 재작년부터 그의 소유로 된 라이프 메디텍의 자
산 변동이 무척이나 심했다.

그리고 그 안에는 자산의 변동뿐 아니라 방금 전 김태평
이 말한 것처럼 군정이 실시되고 있는 북한 지역의 최대 곡
창지대인 평양평야와 안주평야에 대한 소유권이 명확하게
수한에게 가 있는 내용이 들어 있었다.

한 개인이 가지기에는 무척이나 넓은 땅이었다.

그런 땅이 개인 소유로 되어 있다는 것에 뭔가 문제가 있
다고 판단한 이한영은 정부와 여당을 압박할 카드를 쥐었다
는 생각이 들었다.

'그래, 이거야!'

이한영이 보기에 눈앞의 정보를 잘만 이용하면 이번 국정
감사에서 정부와 여당에게 많은 양보를 받아낼 수 있을 것

같았다.

그리고 이 자료를 어떻게 사용하느냐에 따라 내년 대통령 선거에서도 엄청난 스캔들을 만들어낼 수 있을 것 같았다.

부스럭부스럭.

"그런데 증인, 제가 조사한 바에 의하면, 증인은 정부로부터 엄청난 넓이의 땅을 불하 받은 것으로 알고 있는데, 도대체 정부에 얼마나 많은 로비를 했기에 몇 푼 되지도 않는 돈으로 그 넓은 땅을 불하 받은 것입니까?"

이한영은 자신의 질의 시간이 끝나가자 수한이 정부와 교섭을 하여 얻어낸 땅을 기습적으로 언급하였다.

"음……."

너무도 갑작스러운 질문이라 순간 당황하여 말을 하지 못하는 수한의 모습에 이한영은 자신의 작전이 성공했다는 생각을 하였다.

하지만 그것도 잠시. 곧 수한은 당황했던 표정을 지우고 담담하게 답변을 하였다.

"지금 의원님은 제게 정부에 로비를 해서 특혜를 받았다고 말씀하신 것입니까?"

수한이 오히려 다시 물어오자 이한영은 인상을 썼다.

"묻는 말에 답변만 하세요. 특혜를 받았습니까, 안 받았습니까?"

이한영은 큰소리를 치며 수한에게 특혜를 받았는지 추궁했다.

수한은 차가운 눈으로 주변에 있는 국회의원들을 쳐다보았다.

너무도 매서운 수한의 눈빛에 일순 기가 죽은 국회의원들은 자신도 모르게 마른침을 삼켰다.

꿀꺽.

한차례 국회의원들을 돌아본 수한은 이한영의 질문에 답을 하였다.

"도대체 어디서 어떻게 들었는지 알 수는 없지만, 정당한 대가를 건네고 불하 받은 것이 어떻게 특혜가 될 수 있는지 참 어처구니가 없군요. 질문을 하셨으니 대답을 하죠."

수한은 천천히 이야기를 시작하였다. 자신이 정부에 어떤 보상을 해주고 그 대가로 땅을 얻었는지 말이다.

"내가 특혜를 받았다 오해를 받고 계시는데, 정작 특혜를 받은 것은 내가 아니라 바로 정부와 통일을 바라는 모든 사람들입니다."

한 번 입을 연 수한은 거침없이 이야기를 풀어 나갔다.

"다른 사람들은 모르겠지만, 그동안 난 정부의 요청으로 많은 것을 정부에 가져다주었습니다. 물론 그 과정에서 소정의 수수료를 받기는 했지만 말입니다. 하지만 제가 제공한 것들에 대해 자세히 알고 있는 사람들은 제가 받은 대가가 그 가치에 비해 소소하다는 것도 알고 있습니다. 대한민국이 통일을 하는 데도 도움을 주었고, 정부가 낙후된 북한 지역을 개발하는 데 가장 먼저 지지하며 뛰어든 것이 바로 저와 라이프 메디텍입니다. 조금 전 이한영 의원님께서 헐값이라 했는데, 총생산량이 600만 톤에도 미치지 못하는 땅을 150조 원에 산 것이 특혜입니까? 더욱이 낙후된 수리 시설을 정비하는 데 5조가 더 투입되었습니다. 자, 조금 전 질문을 하신 의원님, 제 질문에 답변을 해주시죠. 이것이 특혜입니까?"

수한의 추궁하는 듯한 질문에 이한영은 꿀 먹은 벙어리마냥 대답을 할 수가 없었다.

비록 수한이 정부로부터 불하 받은 땅이 넓다 하여도 150조라는 돈은 결코 작은 금액이 아니었다.

더욱이 농사를 짓기 위해 수리 시설을 정비하는 것에 또 다시 5조 원이 투입이 되었다고 했다.

그런 이야기를 들으니 이한영으로서는 그 어떤 말을 해도 먹히지 않을 것이란 생각에 문득 김태평이 당했다는 억울한 일을 끄집어냈다.

"그건 그렇다고 치고. 그런데 정수한 박사, 제가 이상한 이야기를 들었는데, 이것도 답변을 해주시기 바랍니다."

"그게 뭡니까?"

왠지 모르게 수한은 이한영 의원이 자신을 궁지로 몰기 위해 수작을 부린다는 느낌을 받았다.

"정수한 박사는 육군의 주력 전차 개발에 참여를 하셨죠?"

"예, 제가 수석 연구원이었습니다."

수한은 이한영 의원이 무엇 때문에 과거의 일을 끄집어내는 것인지 이해할 수가 없었지만, 일단 답변을 하였다.

"천하 그룹, 아니, 계열사인 천하 디펜스가 주축이 되어 몇몇 회사가 참여하여 컨소시엄을 구축했습니다. 맞습니까?"

"예, 맞습니다."

수한이 맞다고 대답을 하자 이한영은 쉬지 않고 바로 자신이 하고자 하는 이야기를 쏟아내기 시작하였다.

"그런데 컨소시엄으로 공동 연구를 하여 개발한 전차의 핵심 부속품에 대해 천하 그룹과 정수한 박사가 다른 참여 기업들을 밀어내고 차지했다고 합니다. 맞습니까?"

이한영은 또 한 번 빠져나가 보라는 듯 비릿한 미소를 지으며 수한을 쳐다보았다.

그런 이한영의 모습에 수한은 일이 어떻게 된 일인지 그제야 알 수 있었다.

자신이 무엇 때문에 국정감사 자리에 나오게 되었는지 말이다.

"어디서 어떻게 이야기를 들었는지 제가 알 수는 없지만, 분명하게 말씀드리지요. 방금 전 이한영 의원께서 말씀하신 것이 혹시 플라즈마 실드 발생 장치를 말씀하시는 것입니까?"

혹시나 싶은 생각에 수한은 제품의 이름을 명확하게 제시했다.

그러자 이한영은 고개를 끄덕이며 대답을 하였다.

"그렇습니다. 누구나 알고 있는 K—3 전차의 핵심 장치라고 할 수 있는 플라즈마 실드 발생 장치의 소유권을 정수한 박사님이 가지고 있는데, 어떻게 된 것입니까?"

"하하하하."

수한은 이한영 의원의 말을 듣고 갑자기 큰 소리로 웃었다.

"증인, 지금 뭐하는 것입니까? 지금 국회를 모독하는 것입니까?"

이한영과 몇몇 의원들은 수한이 갑자기 큰 소리로 웃자 호통을 치며 손가락질을 하였다.

그런 국회의원들을 우습다는 듯이 바라보던 수한은 순식간에 표정을 바꾸며 대답을 하였다.

"누가 그따위 헛소리를 하는 것입니까? 플라즈마 실드 발생 장치를 공동으로 연구해요? 누가 누구와 공동으로 연구를 했다는 것입니까? 플라즈마 실드 발생 장치는 K—3 전차 개발과는 아무런 연관도 없는 물건입니다. 다만, 당시 경쟁 상대와 차별성을 두기 위해 내놓은 옵션이었을 뿐입니다. 당시 경쟁 회사에서 국회에 로비를 하여 그런 차별성도 무시하며 경쟁사에도 제공하라는 명령에 판매를 했던 물건인데, 지금 의원님은 당시 같은 자리에 계셨으면서 생각이 없으십니까?"

수한은 당시 국회의원 몇 명이 일신 컨소시엄의 로비를 받아 부당한 명령을 했던 것을 언급했다.

이한영은 당시 일신 컨소리엄과 같은 목소리를 내지 않았느냐는 수한의 말에 얼굴을 붉혔다.

"누가 그런 주장을 하는지 짐작은 가지만, 만약 공동 개발을 했다면 그들도 제작 방법을 알 테니 알아서 만들어 판매를 하라고 하십시오."

수한은 감히 자신의 것을 도둑질하려는 자들을 가만두지 않겠다고 속으로 다짐을 하였다.

'감히 내 것을 노린단 말이지?'

이한영이 말을 꺼낼 때, 수한은 이미 누가 그런 이야기를 하였는지 짐작하였다.

플라즈마 실드 발생 장치를 장착한 K—3가 주력 전차로 선정되면서 외국에서 많은 관심을 보였다.

특히 미국에서는 플라즈마 실드 발생 장치를 차지하기 위해 정부는 물론이고, 천하 그룹에도 로비를 하였다.

하지만 수한으로서는 플라즈마 실드 발생 장치를 외국에 판매를 할 생각이 없었다.

당시 정부의 물자를 대는 것만으로도 여유가 없을 정도였다.

또한 날이 갈수록 관계가 악화되고 있는 북한과의 관계로 인해 정부 역시 어떻게든 전력을 확충해야 할 입장이었다.

그런데 아무리 동맹이라 하지만 국가적인 위기 상태에서

자국의 안전을 책임질 물건을 판매한다는 것은 말이 되지 않는 소리였다.

물론 나중에 다운그레이드된 플라즈마 실드 발생 장치가 개발되면서 그것을 미국에 판매하기는 했지만, 일단 당시에는 외부 유출을 엄중하게 막았다.

그 과정에서 일신 그룹이 자신들이 가지고 있던 물건을 외국으로 빼돌리려다 그룹이 날아가 버렸다.

그때부터였다. 플라즈마 실드 발생 장치가 일신 그룹이 욕심을 부릴 정도의 물건이란 사실을 알게 되자 컨소시엄에 참여했던 기업들 중 일부가 대한 욕심을 부리기 시작하였다.

그리고 그 대표적인 곳이 바로 K—3의 엔진을 개발하던 대산 중공업이었다.

그런데 웃긴 것은 전적으로 책임지고 엔진을 개발하겠다고 주장한 대산 중공업은 알려진 것보다 기술이 형편없었다.

그 때문에 K—3의 개발이 무척이나 늦어졌는데, 결국 수한의 도움으로 문제를 해결할 수 있었다.

그런데도 수한이 개발한 플라즈마 실드 발생 장치가 큰돈이 될 것을 알자 다른 기업들을 부추겨 분란을 조장했다.

그런 분란 때문에 컨소시엄도 해체가 되었는데, 그럼에도 포기를 하지 않고 또다시 욕심을 부리기 시작한 것이다.

"아직 모르시나 본데, 플라즈마 실드 발생 장치에 대한 것은 특허를 신청하지 않은 사항입니다. 그러니 누구나 만들 수 있는 기술만 있다면 만들면 되는 것입니다. 아시겠습니까?"

수한은 이한영 의원을 쳐다보며 쐐기를 박았다.

당당한 수한의 모습에 이한영 의원이나 동료 의원, 그리고 여당 의원 할 것 없이 모두 입을 다물었다.

모두들 수한의 기세에 눌린 탓이었다. 보통 이런 자리에 불려온 이들은 어떤 자리에 있든 기가 죽어 국회의원들의 질타에 답변을 제대로 하지 못했다.

그런 모습에서 국회의원들은 자신들이 가진 직위의 위력을 다시 한 번 깨닫곤 하였다.

그런데 지금 앞에 나와 있는 수한은 전혀 그렇지 않았다. 전혀 주눅 든 모습도 없고, 자신이 할 말은 확실하게 주장하고 있었다.

당연히 국회의원들에게는 그 모습이 좋게 보일 리가 없었다. 그들은 방금 전 이한영 의원의 질문에 또박또박 답변하는 수한이 자신들을 무시한다는 생각마저 했다.

"증인, 이 자리가 어떤 자린데 그렇게 안하무인인 것입니까? 대답 똑바로 하세요."

결국 이한영 의원의 옆자리에 앉아 있던 야당 의원 한 명이 나서서 수한을 질타했다.

"지금 제가 답변하는 것이 안하무인이라 했습니까?"

수한은 그런 야당 의원의 호통에 지지 않고 되물었다.

"뭐가 안하무인이라는 것입니까? 막말로 지금 이 자리에 있는 의원님들은 선거철만 되면 국민의 종이라 하고 일꾼이라 말하면서 어떻게 바쁜 주인들을 불러 시간을 허비하게 하는 것입니까? 지금 시각이 몇 시입니까? 국정감사를 위해 필요하다고 해서 아침 일찍 나왔더니, 정작 참고인 답변을 위해 부른 시간은 오후 5시가 넘은 시간이지 않습니까? 쓸데없이 허비한 제 시간은 어떻게 보상할 것입니까?"

수한은 쓸데없이 시간만 허비하게 만든 국회의원들에게 호통을 쳤다.

지금 눈앞에 있는 이들은 국정감사를 마치 쇼 비지니스를 하듯 주거니 받거니 말장난을 하고 있었다.

참고인이라는 명목으로 불려 나온 증인들은 자신의 시간이 될 때까지 하염없이 국회 한자리에서 대기를 하고 있어야만 했다.

이게 말이나 되는 일인가 말이다. 기업의 회장들이 하루 결재를 하는 것으로 벌어들이는 돈은 수백억에서 수천억이었다.

제때 결재가 되지 않아 일이 지체되거나 아니면 무산이 되었을 때, 그 손해는 이루 헤아릴 수 없을 정도로 커지는 것이다.

그런데 마치 시중을 드는 이들을 불러놓은 것처럼 자신들의 편의를 위해 자신과 기업인들을 방 한 켠에 몰아넣은 그들의 처사를 두고 보기에 수한은 너무도 화가 났다.

그래서 더 이상 참지 못하고 준엄하게 꾸짖었다.

자신의 잘못을 인지하지도 못하는 주제에 국회의원으로 당선되기 전 국민과 했던 약속마저 저버리고 마치 자신들이 뭐라도 되는 양 떠드는 국회의원들의 모습은 그야말로 꼴불견이었다.

탕! 탕! 탕!

"정회를 하겠습니다."

수한의 말에 국회 안 분위기가 어수선해지자 국회의장이 의사봉을 두들기며 잠시 회의를 멈추겠다는 선언을 하였다.

정회가 선언되어 국회의원들이 모두 자리에서 나가 버리자 자리에 남은 수한은 황당했다.

사람 불러다 놓고 장난을 하는 것도 아니고, 이게 뭐란 말인가.

바쁜 사람 불러다 놓고 참고인이라고 증언을 하라고 해서 기다렸는데, 또 이렇게 기다리게 만드니 참으로 어처구니가 없었다.

밖으로 나온 수한은 어디론가 전화를 걸었다.

"알겠네. 내 알아서 조치를 할 터이니, 자넨 오늘 못한 연구하러 가도 되네."

윤재인 대통령은 머리가 지끈거렸다.

방금 자신과 통화를 한 사람은 비록 나이는 어려도 절대 함부로 대할 수 있는 사람이 아니었다.

배경이 막강해서도, 또 그가 가진 직위가 높아서도 아니다.

그 존재 자체가 가지고 있는 능력을 아직도 파악하지 못하고 있기 때문이다.

대한민국 다섯 손가락 안에 들어가는 거대 기업 집단의 혈족이고, 또 개인적으로도 거대 기업을 소유하고 있었다.

뿐만 아니라 머리도 뛰어나 현대 기술로는 100년은 지나야 구현이 가능하다고 생각하던 물건을 만드는가 하면, 영화 속에서나 보았던 물건을 만들어 가지고 있었다.

더욱이 이젠 무력까지 갖췄다.

윤재인 대통령은 얼마 전 미국에서 요청한, 사우디아라비아 왕자 인질 구출 의뢰를 성공적으로 완수하였다는 보고를 받았다.

미국 특수부대인 데브그루 두 개 팀이 전멸했던 작전인데, 그것을 의뢰 받아 아무런 피해 없이 인질을 구출했을 뿐만 아니라 악명 높은 IS의 캠프 한 곳을 파괴하는 전과까지 올린 것이다. 그것도 고작 20명으로 이루어진 전력으로.

지킴이 PMC가 전직 북한군 특수부대원들로 구성되어 있다고는 하지만, 이건 해도 너무한 것이었다.

막말로 전멸했던 데브그루는 미국 특수부대 네이비실 중에서도 최정예들만 따로 모아 특수 훈련을 마친 베테랑들이었다.

그런 팀이 두 개나 전멸했다는 것은 정규군 2개 대대가 전멸했다는 말과 같은 소리였다.

그런데 20명으로 IS 캠프에 잠입하여 인질을 구출하고,

또 캠프에 있는 테러범들까지 전멸시켰다는 것은 지킴이 PMC의 전력이 얼마나 뛰어난지를 알 수 있었다.

막말로 IS 캠프를 전멸시키는 것은 미국이라면 별 어려움이 없는 일이었다.

하지만 인질 구출까지 해야 하는 미션이 존재한다면 그것은 또 다른 문제다.

그런 사정으로 비추어 볼 때, 지킴이 PMC는 예전 SA 부대가 위탁 교육을 받았던 라이프 메디텍의 보안대와 비슷하거나 조금 못 미치는 정도의 전력일 것이란 판단이 들었다.

아니, 확신하는 윤재인 대통령이었다.

당시 수한에게서 보안대원들이 모두 북한 특수부대 출신의 탈북자로 구성되어 있다는 이야기를 들었기 때문이다.

즉, 라이프 메디텍 보안대도 북한 특수부대 출신이고, 지킴이 PMC도 북한 특수부대 출신들이다.

더욱이 지킴이 PMC의 부사장이 라이프 메디텍 보안대 전무이사 중 한 명이 이직하여 맡았다는 얘기을 들었기에 윤재인 대통령은 지킴이 PMC도 라이프 메디텍 보안대와 전력이 대동소이하다 판단했다.

그런데 지금 그런 전력을 1만 명이나 보유하고 있는 사람이 불만을 가지고 전화를 한 것이다.

국민의 한 사람으로서 의무를 다하기 위해 국정감사에 참석하였지만, 너무도 비효율적이고 또 처우에 대한 불만이 가득했다.

일단 달래긴 했는데, 윤재인 대통령도 국회의원들의 성향을 잘 알고 있기에 자칫 잘못했다가는 큰 사고가 터질 것 같아 마음을 놓을 수가 없었다.

"국정원장 좀 올라오라 하세요."

결국 윤재인 대통령은 이대로는 안 되겠다 생각해 대책을 세우기 위해 국정원장을 호출하였다.

그냥 놔뒀다가는 정말로 큰 사단이 벌어질 것을 알기에 말썽을 부리는 의원들 몇 명을 추려 경고를 해야 할 필요성을 느꼈다.

윤재인 대통령은 사실 이런 공작정치를 좋아하지 않지만, 대통령이란 자리에 앉아 있으니 그런 일도 필요하다는 것을 깨닫게 되었다.

모든 것을 정석대로 처리할 수가 없기 때문이었다. 때로는 진실을 감춰야 할 때가 있었다.

그래야 야기되는 혼란이 적기 때문이다. 공작 정치를 하기 위해선 내 약점을 감추고 상대의 약점을 잘 파악하고 있어야만 했다.

또 때로는 같은 편의 약점을 적에게 흘려야 할 때도 있는데, 지금은 상대의 약점을 가지고 협상을 벌여야 할 때였다.

여당이야 경고해 둔 것이 있기에 전화 통화 한 번이면 처리가 가능하지만, 야당은 아니었다.

어떻게든 자신과 여당을 끌어내려 다음 정권을 차지하기 위해 별별 수단을 다 동원할 것이기 때문에 이번 기회에 확실하게 야당을 압박할 생각이었다.

더욱이 먼저 빌미를 제공한 것은 바로 그들이지 않은가.

7.
복수를 다짐하는 IS

삼청동 음식점.

"어서 오세요."

윤재인 대통령은 방 안으로 들어서는 사람들을 맞으며 인사를 건넸다.

"아니, 대통령께서 먼저 와 계셨군요. 늦어서 죄송합니다."

방으로 들어서던 사람들은 안에 윤재인 대통령이 기다리고 있자 깜짝 놀라며 사과를 하였다.

약속 시간까지 아직 10분이나 남아 있는데 대통령이 먼저 자리에 와 있을 줄은 짐작도 못했다.

대통령보다 늦게 도착했다는 것은 약속에 늦은 것이나 마찬가지였다.

권위가 많이 떨어졌다고는 하지만 아직까지 대통령은 이 나라 대한민국의 최고 어른인 것이다.

비록 자신들이 국회의원이란 배지를 달고 있다고 하지만 어디 대통령과 같겠는가.

"아닙니다. 일이 일찍 끝나 먼저 나섰습니다. 자, 다들 자리에 앉으시죠."

윤재인 대통령은 별거 아니란 듯 이야기를 하며 모두에게 착석을 권했다.

대통령의 말에 사람들은 엉거주춤 자리에 앉았다.

그들은 자리에 앉기는 했지만 대통령이 무엇 때문에 자신들을 부른 것인지 알 수가 없어 불안했다.

대체로 뭔가 이야기할 것이 있으면 통보를 하고 청와대로 부르면 될 일인데, 이렇게 청와대가 아닌 다른 곳에서 보게 되는 일은 좀처럼 없기 때문에 다들 더욱 불안해하였다.

"자, 일단 음식들 좀 들고 이야기를 할까요?"

윤재인 대통령은 좌불안석인 사람들을 보며 자연스럽게 이야기를 꺼내며 젓가락을 들고 앞에 놓인 음식을 들었다.

"음, 역시 좋군요."

대통령은 뭐가 그리 기분이 좋은지 음식을 먹으며 연신 좋다는 말을 하였다.

한편, 윤재인 대통령의 그런 모습을 지켜보며 정말로 안색이 창백해진 사람이 있었다.

그는 다름 아닌 이한영이었다.

그는 전에도 한 번 이곳에 온 적이 있었다.

불과 한 달 전, 그도 누군가와 만나며 처음 와본 음식점인데, 당시 이곳의 음식 맛에 한 번 놀라고, 또 나중에 이곳의 음식 가격에 또 한 번 놀랐었다.

이한영은 뭔가 느끼는 것이 있었기에 지금 이 자리가 무척이나 불편했다.

아니나 다를까, 대통령은 그를 보며 한마디 하였다.

"이 의원, 이 의원도 그렇게 생각하지 않습니까? 이곳 음식 맛이 무척이나 좋지 않습니까? 특히나 누군가의 부탁을 받기에는 참 좋은 곳 같습니다."

이쯤 되면 자리에 있던 사람들은 지금 대통령이 무엇 때문에 자신들을 이곳에 부른 것인지 짐작할 수 있었다.

'이한영, 저 인간이 도대체 뭔 짓을 하고 다녔기에 대통령이 저러는 거야?'

별말 없이 음식을 먹던 윤재인 대통령은 어느 정도 배도

차고, 또 함께 자리한 의원들도 어느 정도 식사를 끝낸 듯
보이자 본격적으로 이야기를 꺼내기 시작하였다.

아니, 이야기를 하기 전 문밖에 있는 비서실장을 불렀다.

"길 실장, 그것 좀 가져오지."

스르륵!

대통령의 말이 끝나기 무섭게 조용히 방문이 열리며 길성
준 비서실장이 무언가를 들고 안으로 들어왔다.

방으로 들어온 길성준 비서실장은 자리에 앉아 있는 의원
들의 앞에 가지고 온 물건을 하나씩 내려놓고 다시 밖으로
나갔다.

길성준 비서실장이 놓고 간 서류 봉투를 내려다본 의원들
은 시선을 돌려 대통령을 의아하다는 듯이 쳐다보았다.

그리고 그중 한 명이 마침내 윤재인 대통령에게 조심스레
물었다.

"대통령님, 이것이 무엇인데 저희에게 나눠 주시는 것입
니까?"

테이블 위에 놓인 봉투에는 큰 글씨로 각자의 이름이 적
혀 있었다.

봉투에 이름이 적혀 있는 것으로 보아 내용물은 보지 않
아도 짐작할 수 있었다.

GREAT
ROREA

'제길, 내 행적을 적은 것이겠군.'

확실히 그들도 국회의원에 당선된 것이 요행은 아닌 듯 봉투를 보지 않고도 내용이 뭔지 짐작을 하였다.

예상대로 서류 봉투 안에는 그들이 그동안 저질러 온 불법적인 일에 대한 증거가 들어 있었다.

물론 이 자리에 있는 국회의원들의 모든 비리 내용이 있는 것이 아니라 적당히 추린 것만 들어 있었다.

국가정보원의 전신인 안전기획부는 국익을 위한 정보 취득보다 정권 강화를 위해 내국인, 그중에서도 정권에 영향을 끼칠 수 있는 정치인이나 경제인 등 사회 영향력 있는 이들에 대한 감청을 주로 하였다.

그런 것이 나중에 정권이 바뀌면서 내국인 사찰에 대한 부분을 청산하고 이름까지 국가정보원으로 바꿨지만, 사실 눈 가리고 아웅 하는 짓에 불과했다.

정권을 잡은 입장에서 자신의 권력에 도전하는 이들을 그냥 놔둘 수는 없는 일이었다.

자신은 정권을 잡으면 그런 일은 하지 않겠다고 다짐했던 권력자들도 결국 어쩔 수 없었다.

그 모든 것이 필요악인 것이다. 사회를 안정시키며 자신의 이상을 펼치기 위해선 반대파를 묶어둘 고삐가 필요했

고, 그런 것을 제공하는 곳이 바로 정보를 다루는 국정원이
될 수밖에 없었다.

그 때문에 정권이 바뀔 때마다 권력자의 입맛에 따라 국
정원장이 바뀔 수밖에 없었고, 또 국정원장도 권력자의 말
한마디에 자신의 자리가 날아가는, 파리 목숨만도 못하다는
것을 알기에 권력자의 시녀라는 기분 나쁜 별칭을 들으면서
도 권력자의 말을 따를 수밖에 없었다.

아무튼 국정원에서 조사한 비리들을 당사자들에게 내놓
으며 윤재인 대통령은 입을 열었다.

"의원님들이 국가를 위해 노력하시는 데 많은 것이 필요
하다는 것은 저도 잘 알고 있습니다. 하지만 해도 너무하셨
더군요."

윤재인 대통령은 말을 하다 말고 주변을 살펴보았다.

그런 윤재인 대통령의 시선에 자리에 앉아 있던 야당의원
들은 움찔하였다.

대통령에 당선이 되고, 또 재선되어 국정을 운영하는 동
안 윤재인 대통령에 대한 흠은 별로 없었다.

아니, 그가 국가를 운영하는 기간 동안에 대한민국은 큰
위기를 겪기는 했지만 모두 슬기롭게 극복했으며, 민족의
염원인 통일마저 이룩하였다.

GREAT
NOREA

그것도 북한과 연립적인 통일이 아닌, 말 그대로 대한민국 정부가 북한 정부를 밀어내고 한반도를 통일한 것이다.

아직까지 북한 지역이 정상화되지 못해 왕래가 자유롭지는 않지만, 그것도 이제 얼마 남지 않았다는 발표를 하였다.

그 때문에 현재 윤재인 대통령의 지지율은 그 어느 때보다 높아 만약 러시아처럼 3선이 가능하다면 내년 대통령 선거에 나와 당선될 것이란 이야기가 나돌 정도였다.

아니, 일부에선 윤재인 대통령에게만 종신 대통령을 시키는 것이 어떻겠냐는 이야기까지 나오고 있었다.

아무튼 여론이 그렇기 때문에 이번 국정감사에서 어떻게든 윤재인 대통령과 행정부에 흠집을 내기 위해 기를 썼지만, 몇몇 공무원들의 자잘한 비리 외에 확실하게 대통령과 정부, 그리고 여당을 흔들 만한 내용은 없었다.

그런데 무엇 때문에 이렇게 자리까지 마련해 자신들을 압박하려는 것인지 이해가 가지 않았다.

"대통령께서 저희에게 하고자 하시는 이야기가 구체적으로 무엇입니까?"

이 자리에 있는 국회의원 중 대표 격인 민국당의 원내총무 장현성이 물었다.

이미 5선에 성공한, 야당의 입지전적인 인물이었다. 더욱이 그는 야당의 차기 대선 후보로 거론되고 있는 사람 중 한 명이기도 했다.

"흠……."

그래도 무게감이 있는 장현성 의원이 말을 하자 윤재인 대통령도 작게 신음성을 냈다.

지금부터가 중요하기 때문이었다. 아무리 자신이 이들의 약점을 쥐고 있다고는 하지만, 막무가내로 일을 처리할 수는 없었다.

이들에게 뭔가를 양보 받기 위해선 다른 하나를 건네주어야 하기 때문이다.

"이번에 이한영 의원이 누군가의 심기를 거슬렸더군요."

"네? 그게 무슨 말씀이십니까?"

윤재인 대통령이 한쪽에 앉아 있는 이한영을 바라보며 말하자 다른 의원들은 이상한 눈으로 대통령을 쳐다보았다.

대통령이 뭔가를 감추는 듯한 느낌을 받았기 때문이다.

'무엇을 감추는 것이지?'

이 자리에 있는 다른 의원들도 다들 3선, 4선을 하여 나름 정치판을 구르고 구른 자들이었다.

속에 너구리 한두 마리 정도는 가지고 있는 능구렁이들이기에 대통령의 말투나 표정만 봐도 그 속내를 어느 정도 짐작할 수 있었다.

"모두들 봉투 안에 든 것을 읽고 나서 이야기를 계속하지요. 앞의 것은 다들 알고 있을 테니 그건 넘어가고, 그 뒤에 있는 것을 읽어보시기 바랍니다."

대통령의 말에 의원들은 헛기침을 하며 그제야 서류 봉투를 열었다.

역시나 짐작대로 봉투 안에는 자신들의 비리가 적혀 있었다.

하지만 일단 대통령의 말대로 그건 한쪽으로 치우고, 그 밑에 있던 서류 뭉치를 꺼내 읽기 시작했다.

서류를 읽어갈수록 의원들의 눈이 경악으로 물들어갔다.

서류의 내용은 정말이지 믿을 수 없는 내용이었다. 만약 대통령이 전해 준 물건이 아니었다면 삼류 소설가가 구상해 놓은 공상 소설이라 생각했을 것이다.

의원들이 그렇게 느낄 수밖에 없는 이유가 있었다.

서류에는 누군가에 대한 정보가 정리되어 있었는데, 그가 이룩한 업적과 그의 도움으로 대한민국이 통일을 했다는 내용 때문이었다.

그리고 그가 보유하고 있는 기업들의 가치나 무력에 대한 내용은 그야말로 경악할 수준이었다. 대한민국 최고 통수권자인 대통령마저 한계를 모르겠다는 평가가 적혀 있는 서류였다. 국회의원들은 서류의 내용을 다 읽고서는 아무런 말 없이 대통령을 바라보았다.

"그를 그냥 놔두십시오. 그의 존재만으로도 우리 대한민국에는 큰 축복입니다. 우리 대한민국이 지금의 힘을 가지게 된 것은 저나 여러분의 노력이 아닌 그의 노력 때문이고, 그의 힘을 두려워한 이들이 대한민국을 인정했기 때문입니다."

윤재인 대통령은 자신이 대통령으로서 지금까지 이룩한 성과를 폄하하면서까지 모든 공을 수한에게 돌렸다. 그동안 이뤄온 일들이 수한의 도움 덕분이며, 또 수한의 능력을 두려워한 국가들이 그런 이유로 대한민국을 인정했다고 선언을 하였다.

말이 조금 과하기는 했지만, 윤재인 대통령은 본인 스스로도 그렇게 믿고 있었다.

한편, 너무도 황당한 대통령의 말을 들은 의원들은 한동안 말을 하지 못했다.

대통령의 말을 어느 정도 인정한다고 해도 지금 한 말은 너무도 과하단 생각을 하는 의원들이었다.

물론 서류상에 나와 있는 수한의 능력이 대단하긴 하지만, 그건 어디까지나 개인의 능력이지 않은가. 그래서 의원들은 지금 윤재인 대통령이 너무 과장되게 포장을 하는 것은 아닌가 하는 생각을 하였다.

"내 말을 결코 농담으로 듣지 않길 바랍니다. 거기에 나오지는 않았지만, 그가 소유하고 있는 민간 군사 기업에서 어제 미군 특수부대가 실패했던 작전을 무사히 완수했다고 합니다. 그리고 그것뿐만이 아니라 국제적 골칫거리인 IS의 캠프 한 곳마저 파괴를 했다고 합니다."

"그게 사실입니까?"

"그런 일이 있었습니까?"

지킴이 PMC가 인질 구출 의뢰를 성공적으로 마쳤을 뿐 아니라 국제 테러 단체이며 자체적으로 국가를 선포한 IS의 캠프를 파괴했다는 말을 윤재인 대통령에게서 들은 의원들은 깜짝 놀라 되물었다.

"여러분도 얼마 전 백악관에서 우리에게 의뢰가 들어왔던 것을 알 것입니다."

윤재인 대통령은 20일 전쯤 백악관으로부터 들어온 사우디 왕자에 대한 구출 의뢰에 관한 이야기를 꺼냈다.

이 자리에 있는 의원들도 당시의 이야기를 모두 알고 있었다.

당시 백악관은 대한민국 특수부대에 의뢰를 하였는데, 백악관은 2년 전 CIA 특수 부서인 처리팀을 제압했던 이들을 대한민국의 특수부대라 알고 있었다.

그래서 데브그루가 사우디 왕자인 파시드를 구출하려다 실패한 것을 만회하기 위해 청와대에 의뢰한 것이었다.

하지만 당시 CIA 처리팀을 제압한 것은 특수부대인 SA 부대가 아니라 민간 업체의 보안대였다.

물론 그러한 사실을 백악관에 설명할 수는 없었다.

동맹이긴 하지만 그들이 오해를 하고 있을수록 대한민국으로서는 유리하기 때문이었다.

"지금에서야 이야기하는 것이지만, 사실 미국은 오해를 하여 그런 의뢰를 한 것이오."

"오해? 무슨 오해를 말입니까?"

"그건……."

윤재인 대통령은 이제는 말할 수 있겠다는 생각에 이들에게 자세한 사정을 설명하기 시작하였다.

미국이 그 많은 특수부대를 가지고 있으면서도 무엇 때문에 작은 나라인 대한민국에 납치된 파시드 왕자를 구출해 줄 것을 의뢰를 하였는지 말이다.

윤재인 대통령이 들려주는 이야기를 한참 동안 듣던 의원들은 경악을 금치 못했다.

"그게 사실입니까? 당시 플라즈마 실드 발생 장치 탈취 사건은 국제적인 스캔들이었지 않습니까? 그것을 노리는 중국과 일본의 특수부대를 제압했다고만 알려졌는데, 미국도 우리나라에서 특수부대를 투입해 플라즈마 실드 발생 장치를 노렸다는 말씀입니까?"

"그렇습니다."

장현성 의원은 너무도 기가 막혀 확인하기 위해 재차 질문을 하였다.

그런 그의 질문에 윤재인 대통령은 바로 긍정을 하여 그의 궁금증을 풀어주었다.

"그렇다면 어째서 미국도 그것을 노렸다고 발표를 하지 않은 것입니까?"

미국이 당시 대한민국의 전략물자를 노리고 특수부대를 침투시켰다는 것을 왜 알리지 않았는지 물었다.

하지만 윤재인 대통령의 되묻는 말에 그 또한 입을 다물 수밖에 없었다.

"그럼 장 의원 같으면 미국도 중국이나 일본처럼 그것을 노렸다고 언론에 발표를 할 수 있었겠습니까?"

"음……."

대통령의 질문에 장현성은 입을 다물고 잠시 생각을 해보았다.

'나라면 그 사실을 언론에 발표를 할 수 있었을까? 아니, 나 또한 대통령과 같은 생각을 했겠군.'

장현성은 결국 자신도 어쩔 수 없었을 것이란 판단을 내렸다.

당시의 대한민국은 지금의 대한민국과 그 처지가 달랐다.

미국이란 동아줄을 놓는다면 생존이 불투명한 상태였기 때문이다.

세계의 중심이라 떠들며 경제 대국에 이어 군사 강국으로 거듭나는 중국과 군국주의의 망령이 살아나며 수시로 한반도를 노리는 일본, 같은 동포이지만 이미 돌아올 수 없는 강을 건넌 북한까지. 대한민국의 입장에서 초강대국 미국의 손을 놓는다면 정말이지 국가의 존립이 위험한 상황이었다.

더욱이 미국은 아시아 정책에서 대한민국보단 일본을 더 중요한 파트너라 생각하고 있었다.

그렇기 때문에 당시 윤재인 대통령의 판단은 아주 적절하였다.

"그렇군요. 의심을 해서 죄송합니다."

장현성 의원은 대통령에게 오해를 한 것에 대하여 사과를 하였다.

윤재인 대통령은 사과를 바로 수용하였다.

"알겠습니다. 그 사과 받아들이겠습니다. 그리고 당시 정수한 박사는 그들을 제압해 정부에 넘겨주며 그들을 활용할 방법까지 알려주었습니다. 모두들 아시겠지만, 당시 미국으로부터의 대규모 차관 승인과 그동안 미국이 승인을 하지 않던 항공모함을 판매한 사실을 말입니다."

윤재인 대통령은 당시 대한민국이 미국에 플라즈마 실드 발생 장치를 판매하면서 받은 것들을 설명하였다.

당시 미국의 체면을 살려주는 것으로 명목상 차관을 받은 것이지만, 그것은 사실상 보상금이나 다름없었다.

대한민국 정부는 그 보상금을 가지고 신형 전투기부터 군함과 항공모함 등을 구입하거나 건조를 하였다.

그리고 그것들은 오랜 기간을 두고 완성이 되어 현재 운항 시험을 하고 있었다.

당시 통일이 되기 전, 미국으로부터 엄청난 금액의 차관을 받으면서 그것을 무기 구입에 모두 사용한 것에 대하여 야당은 정부를 무지하게 질타하였다.

하지만 얼마 뒤, 북한의 도발과 중국이 뒤에서 북한이 전쟁을 하게끔 부추기고 있었다는 사실을 알게 되면서 그런 말은 쏙 들어갔다.

또 한반도가 통일이 되어 국경선이 배 이상 늘어나면서 당시 차관을 무기 구입에 사용한 정부에게 선견지명이 있었다는 전문가들의 말에 더욱 야당은 할 말을 잃었다.

아무튼 그 모든 것이 한 개인이 만들어낸 상황이었다는 것을 알게 된 장현성 의원이나 야당 의원들은 할 말을 잃었다.

다만, 어떻게 한 사람이 그런 업적을 이룰 수 있는지 도저히 불가사의였다.

"이한영 의원이 대산의 로비를 받아 정수한 박사를 겨냥한 것은 묻어두겠습니다. 그러니 더 이상 그에 대한 언급을 하지 말았으면 합니다. 그리고 대산의 김태평 회장은 그 욕심에 대한 대가를 받게 될 것이니, 의원님들도 그것에 대해선 침묵을 지켜주시기 바랍니다."

이쯤 되자 윤재인 대통령도 야당 의원들이 자신의 말을 들어줄 수밖에 없을 것이라 판단을 하고 수한에게 들었던 부탁을 자연스럽게 꺼냈다.

막말로 들어주지 않더라도 수한에게 하등 손해 날 것은 없었다.

다만, 여기저기 불려 다니며 시간을 허비하는 것이 아까워 대통령에게 부탁을 한 것뿐이었다.

그리고 국회의원들의 비리는 국정원만 가지고 있는 것은 아니었다.

아니, 더 자세한 내용을 가지고 있는 것이 바로 수한이었다.

수한이 수장으로 있는 민족 수호 단체인 지킴이는 대한민국 요소요소에 자리 잡고 있기 때문이었다.

정계에도 분포해 있고, 국정원 내에도 회원들이 있었다.

그러니 지금 이들 앞에 놓인 자료보다 더 많은 자료가 수한에게 있는 것이나 마찬가지였다.

그럼에도 수한이 대통령에게 부탁을 한 것은 그러한 사정을 타인이 알지 못했을 때 결정적인 한 수가 되기 때문이었다.

똑! 똑!

"누구야?"

하킴은 업무를 보던 중 노크 소리가 들리자 자신의 일을 방해하는 것 같아 퉁명스럽게 물었다.

"국장님, 하지입니다. 들어가도 되겠습니까?"

"들어와."

하킴은 전 세계에서 들어오는 정보들을 정리하던 중에 부하인 하지가 용무가 있는 듯하자 순순히 출입을 허락했다.

끼익, 탕!

"그래, 무슨 일이야?"

하지가 문을 닫고 들어오자 하킴은 단도직입적으로 용건을 물었다.

그러자 하지는 하킴에게 바짝 다가가며 대답을 하였다.

"국장님, 전에 쿠웨이트에 있던 캠프를 박살 낸 놈들이 어떤 놈들인지 알아보라고 하신 것 있지 않습니까?"

하킴은 하지의 말에 뭔가를 생각하다 눈이 번쩍 떠졌다.

쿠웨이트 캠프라면 비밀리에 쿠웨이트를 점령하기 위해 꾸려진 기지였다.

인원은 적었지만 미국 몰래 비축 물자를 잔뜩 쟁여놓은 보급기지였다.

무슬림 전사들이 쿠웨이트로 진격할 때 부족한 연료를 보급하기 위한 기지였기에 캠프에 주둔하고 있던 인력은 적어도 여느 캠프와 다르게 탄탄한 방어력을 가진 곳이었다.

더욱이 외국의 특수부대 교관들을 불러들여 양성한 부대원들이 있었지만 한 달 전 누군가에 의해 전멸을 하고 말았다.

캠프에 있던 인원이나 물자 등 모든 것이 하나도 남김없이 파괴되었다.

그런데 IS가 캠프 전멸에 신경을 쓰는 것은 단순히 자신들의 기지가 파괴되었다는 이유에서만은 아니었다.

파괴된 캠프에는 IS의 수장인 압둘라 하지 알 모하메드의 동생 마호메드 하지 알 모하메드가 있었다.

즉, 한국으로 치면 대통령의 동생이 기지와 함께 최후를 맞이했다고 봐도 되었다.

사실 이슬람 전통은 권력을 형제에게 후계를 물려주는 전통이 있었다.

그런 까닭에 압둘라도 IS 내의 다른 경쟁자와 다르게 자신의 후계로 동생 마호메드를 생각하고 있었는데, 그런 동생이 죽은 것이었다.

"설마 누가 그랬는지 범인들을 알아낸 것인가?"

자신의 상관인 압둘라에게 지시 받았던 사항이 한 달여 만에 그에 대한 정보가 들어온 것이다.

그 때문에 하킴은 다급하게 부하인 하지를 다그쳤다.

"그래, 누가 캠프를 전멸시킨 것이지?"

전멸이란 말을 할 때의 그의 눈은 붉게 충혈이 되어 있었다.

사실 죽은 마호메드는 단순히 자신의 상관인 압둘라의 동생만이 아니었다.

개인적으로 그에게는 친구이자 동생의 남편, 즉 매제였다.

아무리 IS 내에서 여자들의 지위가 노예 수준으로 낮다고 해도 상층부 내 지도자들의 가족은 또 달랐다.

어느 나라, 어느 민족이든 예외는 있는 것이다. 하지만 동생이 과부가 되었으니 이젠 그런 특권도 물 건너갔다.

마호메드의 죽음으로 동생과 자신의 인생은 앞으로 알 수가 없게 되었다.

그나마 자신은 IS 수장인 압둘라의 최측근 중 한 명이니 어떻게든 헤쳐 나갈 수 있겠지만, 동생은 아니었다.

아니, 동생으로 인해 지금의 자리에 올랐으니, 어쩌면 자신도 이번 일을 해결하지 못한다면 어떻게 될지 모를 일이었다.

죽은 마호메드나 상관인 압둘라는 그 집안이 이슬람 유력 집안 출신이고, 자신은 그런 유력 집안에서 일을 봐주는 사용인 출신이었다.

그러니 앞날을 위해서라도 이번 범인들을 꼭 찾아내야만
했다.

그래서 부하들을 다그치며 정보를 끌어 모았다.

"그게 한국군이라고 합니다."

"한국군? 한국군이 그곳에 있었나?"

하킴은 하지의 말을 듣고 고개를 갸웃거렸다. 그는 한국
이 이곳에 병력을 파견하지 않은 것으로 알고 있었다.

"아, 그것이 정확히는 한국군은 아닙니다. 한국 정부가
미국의 요청에 정규군을 보낸 것이 아니라 노스 코리아의
군인들로 구성된 PMC를 파견했다고 합니다."

"뭐라고? 노스 코리아?"

하킴은 하지의 말에 깜짝 놀랐다. 하킴도 노스 코리아가
어떤 곳인지 너무도 잘 알고 있었다.

오래전 그가 지금의 위치에 오르기 전 IS의 전사로 있을
때, 북한에서 파견된 교관에게서 특수전을 배운 적이 있었
다.

당시 하킴을 가르쳤던 사람은 정말이지 인간이라고 상상
하지 못할 정도로 뛰어난 존재였다.

아무런 장비 없이 어둠 속에서 표적을 찾아내 제거를 하

는가 하면, 망원렌즈도 없이 저격을 하기도 했다.

뿐만 아니라 맨손 격투는 그 무섭다는 이스라엘의 사이렛 매트칼 이상으로 귀신같은 자들이었다.

그런데 그런 사람들로 구성된 PMC가 만들어졌다니, 하킴은 놀라지 않을 수가 없었다.

중동의 여러 이슬람 국가들은 북한의 특수부대의 무서움을 누구보다 잘 알고 있었다.

이슬람 사회에 퍼져 있는 테러 조직이나 반군 조직들은 엄청난 비용을 들여 그들에게 특수훈련을 배웠다.

자신들을 가르쳤던 교관들이 적이라는 사실을 알게 되자 하킴의 머릿속에 경종이 울렸다.

'제길, 하필이면.'

정말이지 하킴의 머릿속에 '제길'이란 말이 제일 먼저 떠올랐다.

복수를 해야 하는데, 그 적이 실로 만만치 않기 때문이었다.

그렇다고 이슬람 전사가 적에게 겁을 먹고 복수를 하지 않는다면 죽어서 알라의 곁으로 가지 못했다.

"확실한가?"

하킴은 일단 하지에게 확실한 정보인지를 물었다.

상관의 거듭된 질문에 하지는 고개를 끄덕이며 재차 확인을 해주었다.

　"그렇습니다. 지킴이 PMC라는 그들은 두 달 전, 우리에게 납치된 것처럼 위장을 하고 넘어온 사우디의 파시드 왕자를 구출하기 위해 캠프에 침투했다고 합니다."

　"그래?"

　"예. 미국이 파시드 왕자를 구출하기 위해 파견했던 특수부대는 우리가 파놓은 함정에 빠져 전멸을 하지 않았습니까?"

　"그랬지."

　"자국의 특수부대가 전멸을 하자 미국으로서는 발등에 불이 떨어졌기에 궁리를 하다 결국 동맹국이 한국에 도움을 요청했다고 합니다."

　"그게 정말인가? 그 자존심 강한 미국이 동맹국에 도움을 요청을 해?"

　하킴은 미국이 인질 구출 작전에 실패하고 동맹국에 도움을 요청했다는 말에 믿을 수가 없었다.

　미국의 특수부대라 하면 전 세계에서 최고라 정평이 나 있었다.

　비록 함정에 빠져 전멸을 하기는 했지만, 당시 IS도 많은 피해를 입었다.

다만, 그것이 외부에 발표가 되지 않았을 뿐이다.

아무튼 자존심 강한 미국이 한국에 자신들이 실패한 인질 구출 작전을 의뢰했다는 말에 하킴으로서는 의외라는 생각을 했다가 방금 전 지킴이 PMC가 북한의 특수부대원들로 구성되었다는 말이 생각났다.

"그럼 캠프를 공격한 이들이 미국도 아니고, PMC라는 말인가?"

"예. 현재 그들은 사우디 북부 하프르 알 바틴 동쪽에서 120㎞ 떨어진 곳에 주둔하고 있다고 합니다."

"그런 정보는 어떻게 얻은 것인가?"

가만히 이야기를 듣던 하킴은 정보의 신빙성을 알아보기 위해 정보의 출처를 물었다.

그러자 하지는 자신의 정보가 확실하다며 정보의 출처를 털어놓았다.

"이 정보는 100% 확실합니다. 구출된 사우디아라비아의 파시드 왕자에게서 전해진 것입니다."

"그게 정말인가? 파시드 왕자가 아직 살아 있다는 말인가?"

하킴은 쿠웨이트 캠프가 전멸하면서 그곳에 있던 파시드

왕자도 당연히 죽었을 것이라 생각했다.

그런데 파시드 왕자가 무사한데다 그가 정보를 알려왔다는 말에 고개를 갸웃거리지 않을 수 없었다.

아무리 인질 구출이 목적이었다고 하지만 아무런 구속 없이 자유롭게 자신들과 함께하던 파시드 왕자였다.

그런데 그가 사우디 왕실에 무사히 돌아갔다는 말에 이해할 수가 없었다.

당연히 의심을 받거나, 무언가 조사라도 받아야 하는 것이다.

'이게 어떻게 된 일이지?'

하킴은 부하의 말을 곰곰이 생각을 하다 일단 보고부터 해야겠다는 판단을 하였다.

무엇 때문에 그들이 파시드 왕자를 사우디 왕실에 그대로 돌려보냈는지 그 이유를 알 수는 없지만, 일단 다행이 아닐 수 없었다.

어차피 파시드 왕자는 자신들과 연결이 되어 있는 상태. 그를 통해 저들의 정보를 더 캐낼 수 있다는 생각에 파시드 왕자에 대한 생각은 일단 접기로 했다.

이제 쿠웨이트 캠프를 파괴한 적의 정체를 알았으니 그에 대한 보고만 하면 되는 것이다.

뒷일은 상부에서 알아서 지시를 내릴 것이기 때문이다.

◆　　　◆　　　◆

"이게 사실인가?"

수한은 지금 평양에 있는 지킴이 PMC로부터 날아온 e메일을 읽고 있었다.

e메일에는 한 달 전 사우디에 파견을 나간 지킴이 PMC의 사우디 왕자 구출 작전에 대한 자세한 사항이 적혀 있었다.

한 달 전 작전이 끝나고 간단하게 보고를 받기는 했지만, 당시 자세한 보고는 받지 못했다.

인질 구출 작전에 나섰던 구대에서 인질과 함께 IS 캠프에서 가져온 서류를 정리하지 못했기에 파시드 왕자가 자신을 납치한 테러범과 함께하고 있었는지 그 이유를 알지 못했기 때문이다.

그래서 파시드 왕자가 의심 가긴 해도 일단 사우디 왕실에 데려다 주었다.

수한은 그 뒤로는 그 일을 잊고 있었는데, 조금 전 e메일이 날아왔기에 그것을 확인하다 다시 기억이 떠오른 것이었다.

역시나 e메일 속에는 자신이 의심을 하던 대로의 내용이 담겨 있었다.

뭔가 수상쩍은 파시드 왕자의 행적도 그렇거니와, 인질 구출 작전에 정평이 나 있는 데브그루 두 개 팀이 전멸했다는 말에 의구심을 가졌는데, 역시나 그의 생각이 맞았다.

파시드 왕자는 오래전 IS에 넘어갔으며, 일부러 납치를 당한 것처럼 꾸몄던 것이다.

그가 납치 자작극을 꾸미면서까지 IS에 합류한 이유는 명확했다. IS가 자금 확보를 위해 쿠웨이트를 침공하려고 했기 때문이다.

IS는 미국과 동맹국의 전방위적인 공격에 자금원이 말라 가고 있었다.

그래서 자금을 확보하기 위해 IS와 파시드 왕자는 납치 자작극을 꾸민 것이었다.

사우디아라비아의 왕자가 납치된다면 분명 사우디 왕실에서는 구출을 위해 많은 협상금을 내놓을 것이 분명했다.

물론 테러와의 전쟁을 선포한 미국은 그런 사우디 왕실을 만류하며 인질 구출 작전에 나설 것이 분명했다.

그리고 그 예상은 정확하게 맞아떨어졌고, IS는 준비된 함정에 미국의 특수부대를 밀어 넣어 전멸시켰다.

그럼으로써 전 세계에 IS의 강력함을 내보였고, 또 한편으로는 미국에 제대로 된 한 방을 먹일 수 있었다.

그러한 내막을 알게 된 지킴이 PMC는 제일 먼저 수한에게 이러한 사실을 알려온 것이다.

또독, 또독.

수한은 손가락으로 책상을 두드리며 이 정보를 어떻게 처리할 것인지 궁리를 하기 시작했다.

사우디의 왕자가 국제 테러 단체인 IS의 협력자라는 사실이 알려진다면 이것만큼 큰 스캔들은 없었다.

"이거, 잘만 이용하면 많은 이득을 가져올 수도 있을 것 같은데 말이야."

책상을 두드리던 수한은 그렇게 혼자 중얼거렸다,

사우디 왕자의 IS 합류는 정말 큰 파장을 몰고 올 것이 분명했다.

하지만 어디에나 손해를 보는 곳이 있으면 반대로 이득을 보는 곳도 있다.

수한은 이 정보를 어떻게 하면 대한민국에 유리하게 이용할 수 있을지 궁리하였다.

◈   ◈   ◈

  IS의 수도 라카.

  원래 라카는 시리아의 도시였다.

  하지만 수니파 무장 세력인 IS가 이곳을 점령하면서 라카는 IS의 수도가 되었다.

  IS는 시리아는 물론이고, 이라크 북부, 거기에 세를 더 넓혀 이란과 터키, 요르단, 사우디아라비아와도 국경을 맞대고 있었다.

  오랜 동안 미국과 동맹국들은 과격 무장 단체인 동시에 무슬림들의 국가를 부르짖는 IS를 퇴치하기 위해 많은 노력을 하였지만, 그럼에도 불구하고 그들의 세력 확장을 막지는 못했다.

  이는 미국과 동맹국을 지원하는 국가에도 IS에 동조하는 이들이 있어 몰래 정보를 제공하고 있었기 때문이다.

  그리고 정보만 제공하는 것이 아니라 자살 테러도 버젓이 저지르고 있었다.

  매일 보던 사람이 어느 날 갑자기 몸에 폭탄을 두르고 기지 안에 들어와 자폭을 하는데 어떻게 막을 수가 있겠는가.

그 때문에 일부 국가에선 현지 주민을 군부대 안으로 일절 들이지 않고 있었다.

그런 탓에 미국과 동맹국은 IS와의 전쟁 비용이 급속히 늘어나게 되어 테러와의 전쟁을 실시하는 국가들에 많은 부담을 주고 있었다.

그나마 한국은 지킴이 PMC라는 민간 군사 기업에 의뢰를 하였기에 의뢰 비용 말고는 더 추가로 들어가는 비용은 없었다.

아무튼 지금 수도 리카에서는 IS의 지도부들이 모여 회의를 하고 있었다.

"쿠웨이트의 캠프를 파괴한 것이 정말로 한국인들이란 말입니까?"

IS의 기갑군 사령관인 아부살만 알 프란시는 칼리프 압둘라를 보며 물었다.

그가 압둘라에게 그런 질문을 하는 이유는 파괴된 쿠웨이트 캠프가 바로 그의 직속 수하들이 관리하던 곳이기 때문이었다.

즉, 자신의 세력이 지킴이 PMC 때문에 줄어든 셈이었다.

뿐만 아니라 그 일로 인해 다른 경쟁자들에게 체면이 무척이나 깎이게 되었다.

사실 아부살만에게는 그 부분이 가장 중요했다. 캠프가 파괴된, 것도 부하들이 죽은 것도 그에게는 전혀 문제될 것이 없었다.

어차피 병사나 무기는 그에게 있어 한낱 소모품에 불과했으니.

성전을 부르짖기만 하면 모여드는 것이 사람이었다.

어쨌든 그는 체면이 깎인 것 때문에 지금 회의 중 쿠웨이트 캠프를 파괴한 범인이 한국인이라는 말이 나오자 다른 사람보다 먼저 나서며 화를 냈다.

"겨우 한국인에게 우리 이슬람 전사들이 당했다는 말입니까? 말도 되지 않습니다."

아부살만은 방금 압둘라가 한 말을 받아들일 수가 없었다.

소말리아의 해적에게도 제대로 대응하지 못해 허우적거리는 한국인들에게 자신의 부하들이 당했다는 말을 도저히 믿을 수가 없었다.

정말이지 말도 안 되는 소리였다.

일개 해적도 어쩌지 못하는 한국이 용맹한 자신의 부하들이 주둔하고 있던 캠프를 어떻게 전멸시킬 수 있다는 말인가.

이것은 자신을 욕보이기 위한 술책이라 생각하는 아부살
만이었다.

'지금 내가 프랑스 출신이라고 견제를 하려는 것인가?'

아부살만은 그 이름에서도 잘 알 수 있듯 프랑스인이었
다.

프랑스에서 태어나 프랑스 육군 장교로 있었지만, 불미스
런 일로 불명예제대를 하게 되었다.

불명예제대로 인해 연금도 사라져 빈곤하게 살던 그는
IS에 가담하기만 하면 집도 주고 월급도 준다는 말에 넘어
가 가족들을 데리고 IS에 투신하였다.

그리고 프랑스 육군 기갑부대에 복무를 했다는 전력을 살
려 그는 IS에서 기갑부대를 양성하는 일을 전담하여 맡게
되었다.

시간이 흘러 그가 양성한 IS 대원들이 기갑부대에서 자
리를 잡자 그의 권력도 점점 커지기 시작하였다.

물론 그 과정에서 현재 IS의 수장인 칼리프 압둘라가 뒤
에서 밀어주었다는 것은 두말할 필요도 없었다.

압둘라는 아부살만을 키워주면서 자신의 후계자인 동생
마호메드를 그의 곁에 심어두었다.

나중에 마호메드가 자신의 뒤를 이어 칼리프의 자리를 물려받을 때, 강력한 힘을 가지고 있어야 권력 이양이 편하기에 그런 조치를 내린 것이다.

사실 IS가 정통 칼리프 국가를 선언하기는 했지만, 아직도 내부적으로는 문제가 많았다.

비록 압둘라가 칼리프의 자리에 앉아 있기는 하지만 그의 경쟁자들은 작은 빈틈이라도 보인다면 그를 끌어내리고 자신이 칼리프의 자리에 앉을 생각들을 하고 있기 때문이었다.

즉, IS도 여느 국가의 권력자들과 전혀 다를 바가 없었다.

아무튼 현재 벌어지고 있는 회의에서는 쿠웨이트 침공에 대한 논의를 하고 있었는데, 중간에 쿠웨이트 비밀 캠프가 파괴된 원인에 대한 이야기가 나오게 된 것이었다.

"사령관을 무시해서 그런 말을 한 것이 아니오. 들어온 정보에 의하면, 그들은 예전 우리의 교관이었던 이들과 같은 존재들로만 구성된 군대라 하오."

압둘라는 흥분해 있는 아부살만을 일단 달래며 자신이 들은 정보의 내용을 들려주었다.

그 말을 들은 아부살만이나 기타 IS 지도부는 눈이 황소

만큼이나 커졌다.

"그 말이 사실입니까? 그들이 정말로 그때 그 교관들이 란 말씀입니까?"

도저히 믿을 수가 없었는지 재차 물어오는 간부들까지 있었다.

당황해하는 지도부를 향해 압둘라는 묵묵히 고개를 끄덕이며 긍정의 말을 하였다.

"이는 쿠웨이트 캠프에서 유일하게 살아남은 파시드 왕자가 알려온 소식이오."

파시드 왕자라면 이 자리에 있는 지도부도 잘 알고 있는 자였다.

자신의 권력을 위해 혈족과 나라도 배신한 자였다.

사우디아라비아의 왕자인 그는 형들과의 경쟁에서 이길 수 없다는 것을 깨닫자 권좌에 대한 욕심을 잠시 밀어두고 은연자중하다 은밀하게 IS와 손을 잡은 것이다.

서방 세계에 대한 정보가 필요했던 IS로서는 파시드 왕자와 손을 잡지 않을 이유가 없었다.

서로의 필요에 의해 손을 잡은 관계인 IS와 파시드 왕자는 정보 공급과 무력 지원으로 관계를 돈독히 유지하고 있었다.

한데 그가 쿠웨이트 기지 전멸 속에서도 살아남아 정보를 전해온 것이다.

"음……."

정보의 출처가 파시드 왕자란 것을 알게 되자 지도부의 분위기가 심각해졌다.

상대의 무서움을 누구보다 잘 알고 있기에 나오는 반응이었다.

예전 그들을 가르치던 북한 특수부대의 실력은 그야말로 괴물이나 다름없었다.

하지만 이들은 지금 크게 착각하고 있었다.

지킴이 PMC의 진정한 전력은 알지 못하고 그저 예전 자신들을 교육시키던 교관들 정도의 능력만 생각하고 있는 것이었다.

"아무리 그들이 적이라도 우리는 당연히 복수를 해야 합니다."

아부살만은 심각한 표정을 짓는 지도부가 마음에 들지 않았다.

그들에 대해 잘 알지 못하는 그는 북한 특수부대 교관이라고 해도 자신의 부대라면 충분히 처리할 수 있다고 생각했다.

아무리 특수전 전문가라 하지만 자신은 육군 최강인 기갑부대 사령관이었다.

막강한 화력을 바탕으로 공격을 한다면 그 어떤 적도 물리칠 자신이 있는 것이다.

"어차피 제 부하들이 희생이 되었으니, 제가 가서 복수를 하겠습니다, 칼리프!"

아무살만은 큰 소리로 압둘라를 보며 자신이 가서 복수를 하겠다며 허락을 구했다.

아무리 그가 기갑부대의 사령관이라고 하지만 모든 권한은 칼리프인 압둘라에게 있기 때문이었다.

한편, 압둘라는 예전 자신들의 교관과 같은 능력자들이 모인 곳을 아무살만이 대신 처리하겠다니 마다할 이유가 없었다.

그리고 다시 생각해 보니 지금은 예전과 상황이 많이 달랐다.

'그래, 지금의 우리에게는 예전 민병대만 있는 것이 아니야.'

압둘라가 그런 생각을 하고 있을 때, 다른 지도부들도 같은 생각을 했는지 아부살만의 말에 동조를 했다.

"맞아, 굳이 전사들을 보낼 것이 아니라 기갑부대의 화력으로 처리하면 되는 것이었어!"

지도부가 너도나도 찬성을 하자 먼저 말을 꺼낸 아부살만의 입가에는 미소가 걸렸다.

"그런데 그들이 주둔하고 있는 곳은 우리와 정반대쪽에 있는데 어떻게 공격할 것인가?"

압둘라는 정보부장인 하킴으로부터 쿠웨이트 캠프를 파괴한 한국인들이 하프르 알 바틴 근처에 머물고 있다는 것을 떠올렸다.

그곳은 사우디의 북동쪽에 위치해 있으며, 쿠웨이트와 가까운 곳이었다.

그런데 자신들의 세력권은 그곳과 한참이나 떨어져 있었다.

"어차피 우린 쿠웨이트를 해방하기 위해 진군을 해야 합니다. 일부 병력을 먼저 접경 지역에 대기를 시켰다가 기습을 하면 됩니다."

아부살만은 별일 아니라는 듯 자신의 생각을 말했다.

그런 아부살만의 이야기를 들은 압둘라는 잠시 그의 말을 생각해 보았다.

쿠웨이트 해방은 정말이지 IS에게 반드시 필요한 일이었다.

아무리 큰 우물도 쓰다 보면 마른다. 국가를 만들 정도로 풍부했던 자금도 20년이 넘게 미국과 그 동맹국들의 군대와 전쟁을 하다 보니 말라 버렸다.

지금 그들과 싸우기 위해서는 자금이 필요한데, 수니파 이슬람 부호들이 비밀리에 후원을 해주고 있었기에 아직까지 버티고 있는 것이지, 그렇지 않았다면 자신들은 진즉 지리멸렬(支離滅裂)했을 것이다.

그렇기 때문에 IS에게는 쿠웨이트 침공은 무조건 해야만 하는 사항이었다.

"그럼 복수도 하고, 또 쿠웨이트도 해방시키기 위해 군을 투입하겠습니다."

압둘라는 아부살만을 쳐다보며 그렇게 다짐하듯 선언을 하였다.

IS의 칼리프인 압둘라의 선언에 지도부는 모두 자리에서 일어나 박수를 치며 환호했다.

그런 간부들의 모습에 압둘라는 천장에 시선을 두며 속으로 다짐을 하였다.

'마호메드, 네 복수를 꼭 해줄 것이다. 조금만 기다려라!'

압둘라가 그렇게 속으로 복수를 다짐하고 있을 때 회의장

안은 흥분으로 가득 찼다.

　마치 자신들의 계획이 모두 이루어지기라도 한듯 동료의
손을 잡고 환호하는 IS의 지도부였다.

8.
IS의 쿠웨이트 침공

쿠웨이트.

인구 65,000명의 중동의 작은 나라.

중동 유일의 입헌군주제 국가이며, 지하에 묻혀 있는 막대한 석유로 인해 엄청난 부국이기도 하다.

하지만 현재 쿠웨이트는 심각한 위기에 처해 있었다.

그 이유는 아프리카 일부와 시리아와 이라크, 그리고 이란과 터키의 영토 일부를 점령한 IS의 다음 목표가 바로 자신들이라는 소문이 퍼졌기 때문이다.

그 때문에 국왕인 사드 압둘 아살람 아살바는 물론이고, 왕실은 큰 시름에 빠졌다.

쿠웨이트의 국부는 모두가 왕실 소유였다.

한때 이라크의 후세인 대통령 때문에 시련을 겪기는 했지만, 왕실이 보유한 엄청난 부(富) 덕분에 미국과 연합군의 도움으로 나라를 되찾을 수 있었다.

하지만 IS는 이라크 군보다 더 무지막지한 이들이었다.

그들은 칼리프 국을 선포하며 이슬람 사회의 고대 회귀를 꿈꾸고 있었다.

그 때문에 그들이 가장 먼저 척결할 대상은 현재 쿠웨이트를 지배하고 있는 아살바 왕실일 것이 분명했다.

그런 때문에 쿠웨이트의 왕 사드 압둘 아살람 아살바는 자신의 집무실에서 고뇌에 빠졌다.

"도대체 어떻게 해야 하지? 어떻게 해야 이 위기를 극복할 수 있을까?"

사드 국왕은 연일 그의 귀로 들려오는 IS의 침공 소식에 무척이나 심란하였다.

예전 이라크의 침공 이후 외부의 침공에 대비하기 위해 자치대를 구성하기는 했지만, 저 막강한 미국도 아직 어쩌지 못하고 있는 과격 테러 단체인 IS의 군대를 막기는 막막했다.

이미 미국과 동맹국에 보호 요청을 하기는 했지만, 그것이 얼마나 도움이 될지는 알 수가 없었다.

현재 미국과 동맹국들은 사우디아라비아와 이라크, 터키 등지에 주둔지를 건설하여 IS와 지루한 공방전을 벌이고 있지만, 그들을 막지 못해 일진일퇴를 거듭하고 있었다.

그리고 미국 내부에서는 장기간 계속되는 전쟁으로 인해 병사들의 희생이 늘어나자 민주당 쪽에서 IS를 국가로 인정하고 그들을 국제사회에 포함시켜 국제사회 일원으로서 참여를 시키자는 내용의 이야기가 흘러나오고 있었다.

하지만 그 말은 IS에 관해 알지 못하기에 나오는 이야기였다.

IS의 궁극적 목표는 이슬람 세계의 통일이다.

그렇게 함으로써 강력한 이슬람 제국을 건설해 미국 이상의 강대국이 되자는 것이 그들의 주장이었다.

강력한 지도자인 칼리프의 영도 아래 이슬람 제국이 세계를 지배한다는 허무맹랑한 이상을 가지고 전쟁을 벌이는 중인 것이다.

솔직히 사드 국왕도 그것이 현실적으로 가능하다면 자신도 그 전쟁에 참여했을 것이다.

아무리 쿠웨이트가 친미 계열의 국가라고는 하지만 사드 국왕 또한 무슬림이고, 쿠웨이트 전 국민은 모두 선지자 마호메드를 따르는 자들이다.

그렇지만 IS가 주장하는 것은 그저 이상향에 대한 헛소리일 뿐이다.

그들이 주장하는 사상을 해부하다 보면 공산주의처럼 그저 이상향에만 치우친 주장일 뿐, 실현 가능성이 없었다.

그리고 역사라는 것은 흐르는 강물처럼 결코 멈춰 서지 않는다.

그런데 역사를 역행해 제정일치의 칼리프가 지배하는 세상이라니, 국민은 그렇게 어리석지 않았다.

교육을 받지 못해 지배자들이 어떻게 하든 그저 지배자의 말만 따르는 어리석은 사람은 더 이상 없다는 말이었다.

물론 총칼을 앞세워 지금처럼 공포정치를 하면 어느 정도 가능하겠지만, 그것은 IS가 주장하는 이상에 배치되는 것이다.

결국 얼마 가지 못해 자체 모순으로 붕괴될 것이 분명했다.

그래서 IS의 권고에도 사드 국왕과 쿠웨이트 왕실은 그들의 제안을 거부했다.

그러자 IS는 사드 국왕과 쿠웨이트 왕실을 이슬람의 배반자라 간주하고 피의 보복을 하겠다고 협박을 했다.

사드 국왕은 IS가 무엇 때문에 자신과 왕실에 회유를 했으며, 그것이 통하지 않자 바로 협박을 하는지 잘 알고 있었다.

무능한 왕실이 부정을 저지르기도 했지만, 그렇다고 IS가 하는 이야기가 거짓인지 진실인지 정도는 파악할 수 있었다.

처음에는 자신들의 편으로 끌어들이기 위해 사탕발림의 달콤한 말을 하겠지만, 필요로 하는 재정이 풍부해지면 자신들은 사냥철이 끝난 사냥개마냥 팽(烹)당할 것이 분명했다.

그런 고로 현재 쿠웨이트의 입장에선 이러지도 저러지도 못하는 진퇴양난의 고비에 처한 것이었다.

'하!'

한참을 고민하던 사드 국왕은 무언가 생각이 난 것인지 고개를 번쩍 들며 집무실 책상 위에 있는 전화기를 들었다.

"사리드, 당장 한국에 연락해서 그들의 연락처를 알아내라."

사드 국왕은 자신의 둘째 동생이자 총리인 사리드 왕자를 호출해 어딘가의 연락처를 알아내라는 지시를 내렸다.

"거기 있잖아, 파시드 왕자를 구해온 PMC 말이야. 그래!"

사드 국왕은 IS에 납치되었다가 얼마 전 구출된 사우디의 파시드 왕자를 언급하며, 그를 구해온 한국의 지킴이 PMC를 언급했다.

그제야 자신의 말을 알아들은 듯한 동생의 응답에 사드 국왕은 고개를 끄덕이며 말을 하였다.

"어떤 조건을 걸어도 다 받아들이겠다고 하고, 최대한 많은 인원을 이곳으로 데려와라."

사드 국왕은 처음 연락처를 알아오라고 하더니, 마음이 급해진 것인지 말을 바꿨다.

그냥 지킴이 PMC에서 어떤 조건을 걸든 모두 승낙하고 최대한 많은 인원을 쿠웨이트로 데려오라는 것이었다.

"비용은 상관없다. 돈보다는 우리의 안전이 최우선이다. 알겠지, 사리드?"

자신의 말에 난색을 표하는 동생에게 사드 국왕은 강경하게 나갔다.

예전 이라크의 후세인이 침공했을 때, 왕실을 지키기 위해 미국으로 망명하여 도움을 요청했던 것처럼 이번에도 왕실의 안전을 위해 지킴이 PMC를 고용하려는 것이었다.

사드 국왕은 확실히 노련했다.

이미 그들에 대해선 파시드 왕자를 구해낼 때부터 그 실력이 널리 알려졌다.

예전 국제 테러 단체에 교관으로 파견되던 구 북한군 특수부대 교관들로만 구성된 실력 있는 PMC라고 말이다.

미국 특수부대도 하지 못한 일을 해낸 자들이라면 충분히 IS로부터 자신과 왕실 가족을 지켜줄 수 있을 것이라 생각했다.

자신과 왕실의 보존을 위해서라면 비용이 얼마가 들어도 상관없었다.

어차피 쿠웨이트의 모든 부는 자신과 왕실의 것이니까.

자신과 왕실만 무사하다면 쿠웨이트는 언제라도 재건할 수 있었다.

"빠진 것 없지?"

"예. 여기 선적 목록하고, 또 정부 허가서."

지킴이 PMC 사업지원부 박상철 과장은 김재환 부장에게 들고 있던 서류를 넘겼다.

서류를 살펴보던 김재환은 뭔가 마음에 들지 않는 듯 미간을 찌푸리며 물었다.

"여기 무기 목록에 물음표는 뭐야?"

자신이 알지 못하는 항목이 나오자 절로 인상이 찌푸려졌다.

하지만 질문을 받은 박상철도 그것은 알지 못했다.

"그게…… 저도 잘 모르겠습니다."

잘 모르겠다는 박상철 과장의 말에 김재환 부장은 더욱 인상을 쓰며 물었다.

"아니, 선적을 담당하는 자네가 모르면 누가 안다는 말이야! 일 똑바로 하지 못해? 지금 우리가 선적한 물건을 가지고 IS와 전쟁을 하려는 이들에게 알지도 못하는 물건을 보급 보낸다는 것이 말이나 되는 소리야!"

박상철 과장의 말에 하고 기가 막힌 김재환은 참지 못하고 호통을 쳤다.

하지만 박상철 과장도 할 말은 있었다.

물음표가 기재된 목록은 본사 비서실로부터 내려온 명령 때문에 상자를 함부로 열 수가 없었다.

상자에도 붉은 글씨로 '1급 보안'이라는 낙인이 찍혀 있었기에 함부로 손을 댈 수가 없었다.

원칙적으로 선적하는 물건을 일일이 검수해야 하지만, 그런 낙인이 찍힌 상자는 그의 권한으로는 손을 댈 수가 없었다.

1급 보안 취급 허가자만이 접근을 할 수 있기 때문이었다.

"그게 그 물건들은 1급 보안이란 낙인이 찍혀 있는데다가 잠금장치 때문에 확인할 수도 없었습니다."

억울하다는 박상철 과장의 말에 김재환 부장은 그제야 이해를 했다.

그러고는 조금 전 알지도 못한 상태에서 화를 낸 것을 사과했다.

"아, 그런 것이었군. 잘 알지도 못하고 급한 마음에…… 미안하네."

상급자의 사과에 박상철 과장도 얼른 보고를 바로 하지 못한 것에 대하여 잘못을 인정했다.

"아닙니다. 자세한 사항을 미리 말씀드리지 못해 죄송합니다."

"그래. 그럼 이 알 수 없는 목록 빼고는 아무 이상 없는 것이지?"

마음이 누그러진 김재환 부장은 1급 보안 낙인이 찍혀 내용물을 알 수 없는 의문의 물건 빼고는 계획된 물품이 모두 정상적으로 배에 선적이 되었는지 물었다.

그런 부장의 물음에 박상철 과장은 자신 있게 대답을 하였다.

"그렇습니다. 기지 건설에 필요한 자재나 공구에서부터 부대 방어를 위한 미사일까지 모두 완벽합니다."

지킴이 PMC에선 이번에 쿠웨이트 왕실로부터 대규모 의뢰를 수주하였다.

그 때문에 지금 지킴이 PMC 내부는 정신이 하나도 없는 상황이었다.

파견 인원만 8천 명으로, 사실상 행정 인력과 아직 교육이 끝나지 않은 신입, 그리고 그들을 교육시킬 교관 몇 명을 빼고 모두 쿠웨이트로 파견 나가야만 했다.

인원이 워낙 많은 수인지라 원래대로라면 사람은 비행기로, 장비는 배로 이동을 해야 했지만, 이번에는 어쩔 수 없이 모두 배로 이동을 해야만 했다.

더욱이 의뢰를 받아 파견을 나가는 곳이 현재 지구상에서 가장 위험한 지역 중 한 곳이기 때문에 차라리 장비와 인원을 한꺼번에 파견하는 것이 나을 것이란 판단 아래 그리 계획을 잡은 것이다.

동북아시아에서 페르시아만까지 배를 타고 가려면 아무

리 빨라도 일주일은 걸렸다.

그리고 군수장비까지 수송해야 하기 때문에 일반 여객선으로는 그 일을 수행하기가 어려웠다.

그래서 지킴이 PMC는 정부에 협조를 요청하여 수송함을 지원 받았다.

뭐, 어차피 해군의 기동함대가 아프리카의 해적 퇴치를 위해 나가 있는 이순신함과 임무교대를 하는 유성룡함과 함께 기동훈련을 하기 위해 그곳을 지나기 하기 때문에 지원은 그리 어렵지 않았다.

덕분에 지킴이 PMC는 해군의 지원을 받아 인원과 장비를 수송하게 되어 비용을 많이 절약할 수 있었는데, 사실 그동안 수한이 정부에 해준 것에 비하면 아무것도 아니기는 했다.

더욱이 얼마 전, 국감에서는 뭐 주고 뺨 맞은 격으로 증인으로 나와 특혜 의혹을 받으며 부도덕한 인물처럼 비춰지지 않았던가.

정말이지, 당시만 해도 수한은 자신과 기업인들을 마구 대하던 국회의원들의 비리를 전국 일간지에 터뜨리고 싶은 심정이었다.

하지만 결과적으로 그렇게 하지는 못했다.

발 빠른 대통령의 사과와 아무런 뒷얘기가 나오지 않게끔 깔끔하게 일 처리를 하였기에 그만 넘어간 것이다.

아무튼 덕분에 남포항에 정박한 해군의 군수 지원함에 파견 나가는 직원들이 쓸 장비들을 무사히 선적할 수 있었다.

임무를 마친 박상철 과장은 편안한 마음으로 배에 승선하는 지킴이 PMC 직원들을 쳐다보았다.

행정직인 자신과는 동떨어진 일을 하는 이들이지만, 그래도 지킴이 PMC라는 같은 직장에 다닌다는 동질감에 배 위로 오르는 직원들이 한없이 걱정되었다.

물론 지금 파견 나가는 직원들의 능력을 박상철도 잘 알고 있었다.

세계에서도 악명을 떨치던 북한 특수부대 출신임을.

하지만 그렇다고 해서 총알이 날아다니고 포탄이 날아오는 전장이 위험하지 않은 것은 아니었다.

그런데도 저들이 아무 망설임 없이 전장으로 향한다는 이야기를 들었기에 걱정을 하는 것이었다.

그런 박상철 과장의 마음을 짐작했는지 옆에 있던 김재환 부장이 말을 걸어왔다.

"일도 끝났는데, 우리도 직원들과 함께 오랜만에 회식이나 하지."

회식이라는 말에 감상에 젖어 있던 박상철은 얼른 고개를 돌려 물었다.

"회식 말입니까? 아직 퇴근 시간이 되려면 두 시간이나 남았는데 말입니다."

아직 이른 시각에 회식을 하자는 부장의 말에 박상철은 의아한 표정으로 물었다.

"그래, 고생들 했는데 우리도 그 보상을 받아야 하지 않겠나."

"예. 그럼 직원들에게 그렇게 전하겠습니다."

자신들을 위로해 주려는 의도임을 깨달은 박상철은 아직 마무리 점검을 하고 있는 부하 직원들에게 서둘러 소식을 전했다.

"꼭 소장님도 가셔야겠습니까?"

수한의 뒤에서 연구소 상급 연구원인 이의석이 물었다.

이의석은 이곳 파주 연구소에서 수한의 보조하는 역할을 맡고 있지만, 사실 그는 수한만 없었다면 연구소 소장을 해도 될 정도로 능력이 있는 사람이었다.

다만, 나이는 어려도 존경할 만한 사람이라 판단하여 수한의 보조를 자청하고 있었다.

사실 수한이 너무도 뛰어나기에 그의 곁에서 뭐라도 배워 보려는 마음도 조금쯤은 있었다.

배움에 있어 노소의 구분은 의미가 없다는 것을 알기에 자신보다 어린 수한에게 고개를 숙이는 것도 주저하지 않은 것이다.

한데 그런 수한이 갑자기 중동에 가겠다고 하는 게 아닌가.

깜짝 놀란 그는 그것을 막기 위해 수한의 집무실에 들어와 설득을 하고 있었다.

"이 박사님도 잘 아시지 않습니까, 이번에 개발된 물건의 실전 테스트를 하기 위해선 제가 직접 가서 확인을 해야 한다는 사실을 말입니다."

수한은 이번에 지킴이 PMC가 쿠웨이트 파견에 동행하기 위해 빠르게 준비를 하고 있었다.

그런데 말꼬리를 잡으며 방해하는 이의석 박사를 보며, 한편으로는 그 마음을 충분히 이해할 수 있기에 설득을 하였다.

하지만 그런 수한의 생각과는 달리, 이의석 박사도 나름

할 말이 있었다.

수한이 외부로만 돌고 있으니 이의석은 애초 자신의 목적인, 수한의 곁에서 공동 연구를 하면서 배우겠다는 목표를 채우지 못하고 있었다.

그러니 이렇게 찾아와서 강짜를 부리는 것이었다.

"굳이 소장님이 가지 않더라도 데이터는 충분히 뽑아낼 수 있지 않겠습니까? 굳이 위험한 그곳에 가지 않더라도 이곳에서 데이터를 받아 볼 수 있는데……."

"아, 그 이야기는 그만해 주십시오. 이미 결정된 사항입니다. 그리고 새롭게 적용된 기지 방어 시스템이 정확하게 어떻게 적용되는지도 확인을 해야 하기 때문에 어쩔 수가 없습니다."

수한은 지금까지의 시스템을 보다 강화하여 새롭게 기지 방어 시스템을 재정비하였다.

사실 지금까지는 대한민국이나 많은 나라들이 경비를 위해 부대 외각에 초소를 만들어 인력을 동원해 부대 경비를 하였다.

하지만 인간은 기계가 아니다.

아무것도 없는 황량한 지역을 장시간 경계하다 보면 정신적으로 무척이나 피곤해진다.

그런 피로가 쌓이고 쌓이다 보면 정상적인 생활을 하지 못할 수도 있었다.

특히나 그 지역이 고립되고 위험한 곳이라면 그 스트레스는 이루 말할 수도 없었다.

그것을 일컬어 외상 후 스트레스 장애라고 하는데, 이 증상이 깊어지면 자칫 잘못하다가는 부대 내부에서 사고가 터질 수도 있었다.

수한은 이런 장병들의 고충을 해결하기 위해 고심을 하다 논란이 많은 무인 경비 시스템에 눈을 돌렸다.

킬러 로봇을 이용한 무인 경비 시스템이 많은 인권 문제를 야기하고 있다는 것은 수한도 잘 알고 있었다.

하지만 그럼에도 무인 경비 시스템을 관심을 두는 이유는 간단했다.

적보다는 내 사람을 먼저 생각을 했기 때문이다.

그리고 킬러 로봇에 대하여 부정적인 생각을 가지고 있는 사람들이 무엇을 걱정하는지 잘 알고 있지만, 그 또한 해결책은 있었다.

부정적인 사람들이 생각하는 킬러 로봇에 대한 정의는 로봇이 프로그램에 의해 사람을 죽이다 오작동을 일으키면 인간이 그것을 감당할 수 없다는 생각에서였다.

하지만 수한은 그런 문제를 오래전 연구했던 인공지능으로 대처를 하였다.

인공지능에 모든 권한을 주는 것이 아니라, 마지막 결정은 인간의 손으로 결정을 하는 것 말이다.

킬러 로봇에게 어떤 상황이 발생했을 때, 대처는 단순했다.

첫째는 인간이 로봇을 일일이 조종하여 마무리까지 결정을 하는 것이고, 두 번째는 로봇에게 모든 상황 발생에 대한 대처 프로그램을 입력하고, 상황이 발생했을 때 보고를 하게 한 다음 마무리는 인간이 결정을 하는 것이다.

그리고 마지막 세 번째는 애초에 어떤 상황이든 로봇이 먼저 판단을 하여 상황을 대처하고 마무리까지 짓는 것이 있는데, 킬러 로봇 부정론자들은 바로 이 마지막 세 번째를 걱정하는 것이었다.

만약 그들의 걱정대로 프로그램이 오작동을 일으켰을 때는 인간이 그것을 막을 수 없다는 주장이었다.

수한은 그에 대한 해결책을 두 번째 유형으로 잡았다.

인간이 최종 확인을 하고 결정을 내린다면 모든 책임을 인간이 지면 되는 것이다.

대장간에서 만들어진 칼을 요리사가 잡으면 맛있는 요리

가 나오는 것이고, 그렇지 않고 살인자의 손에 들어가면 무서운 흉기가 되는 것처럼 아무리 발달된 무기라도 최종 결정권을 인간이 가지고 있으면 그건 편리한 도구일 뿐이란 생각이었다.

그래서 오래전부터 연구하던, 인공지능을 이용해 부대 방어를 위한 방어 시스템의 핵심을 인간에게 맡기기로 하였다.

인공지능이 정보를 통합해 상황을 판단하여 지휘관에게 보고를 하면, 지휘관은 그것을 토대로 결정만 내리면 되는 것이다.

최종 결정을 인간이 하는 것이기에 기계에 휘둘릴 이유나 위험이 없다는 게 수한의 생각이고, 또 수한이 개발한 인공지능은 기계의 결합이 아니라 전생의 마법을 기초로 했기에 절대로 오류가 날 수가 없었다.

과학에서의 인공지능이 프로그램의 극의에 이른 결과 나오는 인간의 사고와 가까운 프로그램이라면, 마법에서의 인공지능, 즉 에고(Ego)는 과학의 인공지능과는 비슷하면서도 다른데, 마법의 에고는 영혼과 연관이 있기 때문이었다.

그렇기에 에고는 절대 계약자의 의사에 반할 수가 없었다.

만약 계약자의 의사에 반해 행동을 한다면 에고는 그 즉시 사라지기 때문이었다.

그런 이유로 수한은 자신이 연구한 마법과 과학의 결정을 크로스 오버해 만든 인공지능을 신뢰하였다.

또 같은 이유로 시스템을 실제로 적용하기 위해선 수한이 직접 움직여 설치를 해야만 했다.

수한이 계획한 시스템은 아직까지 다른 사람들이 이해할 수 있는 범위를 벗어나 있기 때문이다.

"이번에 적용한 시스템에는 기존의 기술자들은 알지 못하는 개념이 들어가 있기에 어쩔 수 없습니다."

수한의 단호한 말에 이의석 박사도 더 이상은 어쩔 수 없었다.

가끔 수한이 보여주는 것들은 기술자뿐 아니라 사실 박사학위를 받은 이들조차 알아들을 수가 없을 때가 많았다.

플라즈마 실드 발생 장치나 천하 디펜스에서 생산하고 있는 요격미사일에 들어가는 추적 시스템의 메커니즘은 아직도 파악하지 못한 상태였다.

"알겠습니다. 그럼 안전에 유의해 주시기 바랍니다."

결국 이의석 박사는 수한의 말에 어쩔 수 없이 포기를 할 수밖에 없었다.

그동안 수한이 고안한 많은 것들이 기존의 알고리즘으로는 복제는 물론이고, 파악조차 할 수 없음을 잘 알기에 포기한 것이다.

이의석 박사는 더 이상 자신의 설득이 먹히질 않자 조심하라는 말을 하고 밖으로 나갔다.

한편, 이의석 박사가 낙심해 밖으로 나가는 모습을 지켜보던 수한은 그가 무엇 때문에 자신을 그렇게 붙들었는지 잘 알고 있었다.

요즘 그가 하는 연구가 벽에 부딪쳐 있다는 것을 말이다.

그리고 그것을 돌파하기 위해 자신에게 도움을 청하려는 것 또한 알고 있었지만, 수한은 이의석 박사에게 어떤 조언도 해주고 있지 않았다.

연구에서 한 발짝 물러나 살펴보기만 해도 무엇이 잘못되었는지 알 수 있는 문제인데, 이의석 박사는 더욱 집요하게 문제를 파고들고 있기 때문에 해결책을 찾지 못하고 있었다.

때로는 간단한 것이 문제의 답일 수도 있는 것이다.

정교하고 복잡하다고 해서 첨단은 아니다. 결과 값이 같다면 디지털이든 아날로그든 모두 이용하면 되는 문제인데, 이의석 박사는 모든 것을 디지털화하려는 단점이 있었다.

GREAT
그레이트 코리아
KOREA

그가 그 점만 깨닫는다면 아마 대한민국에 또 다른 명품 무기가 개발될 것이 분명했다.

◈　　　◈　　　◈

쏴아, 쏴악!

맑은 햇살을 받으며 넓은 대양을 힘차게 나가는 군함들이 있었다.

그 군함들의 정체는 대한민국 해군의 기동함대였다. 아니, 정확하게는 기동함대 소속 제1기동 전단이었다.

제1기동 전단은 이지스 구축함 1척, 광계토대왕급 구축함 2척, 이순신급 구축함 4척, 그리고 군수 보급함 1척과 214급 잠수함 2척으로 구성되어 있었다.

그런데 이 기동 전단에는 특이한 점이 있었는데, 기존의 구성과 다르게 기함인 이지스 구축함인 세종대왕함보다 더 큰 크기의 군함이 있었다.

러시아의 자존심인 키로프 급 원자력 순양함의 크기와 비슷한 크기의 군함이었다.

만재 배수량 28,000톤인 러시아의 키로프 급 미사일 순양함은 일명 미사일 공장이란 별명처럼 S—300 미사일

96셀, P—700 20셀, 9M 311 대공미사일 216기, 533㎜ 5연장 어뢰 발사관 2문과 근접 방어 무기인 AK—630 8문, 카쉬탄 6문, AK—100 2문, AK—130 1문을 무장하고 있으며, 함재기로는 카모프 Ka—27 헬리콥터 3대를 가지고 있다.

일설에는 막강한 미국의 항모전단을 상대하기 위해 만들었다는 설이 있을 정도로 엄청난 크기의 군함으로, 항공모함에 육박할 정도였다.

그런데 지금 대한민국 제1기동 전단에 그와 비슷한 크기의 군함이 보인 것이다.

그 군함의 정체는 바로 대한민국 최초의 순양함으로, 함명은 해모수였다.

한민족의 고대 국가인 북부여 시조인 해모수의 이름을 딴 해모수함은 대한민국 최초의 순양함일 뿐 아니라, 주변국의 해군에 비해 열세인 것을 극복하고자 해군이 야심 차게 계획한 군함이었다.

화력도 러시아의 키로프 급에 전혀 뒤지지 않았다.

해모수함의 재원은 아직 해군에서 극비로 하고 있어 정확한 화력은 알려지지 않았지만, 그동안 대한민국 해군이 과포화 화력을 유지했던 것을 생각해 보면, 동급 배수량을 가진 키로프 급 함선에 비해 더하면 더했지 결코 떨어지는 화력은 아닐 것이란 추측을 할 수 있었다.

더욱이 러시아의 키로프 급 순양함은 1980년대 만들어진 배로, 20세기 말에 개발이 된 것에 비해 해모수함은 2024년에 개발을 하였고, 만 1년이 지난 2025년 12월에 완공되어 현재 해군에서 시범 운행을 하고 있었다.

그 때문에 아직도 해군 주요 지휘관들 외에는 정확한 제원을 알지 못했다.

아무튼 대한민국 1호 순양함인 해모수함이 제1기동 전단과 함께 하고 있었다.

거대한 덩치를 움직이려면 강력한 힘이 필요한데, 러시아의 키로프 급 순양함은 핵 추진으로 그 문제를 해결을 하였다.

그런데 해모수함은 핵 추진이 아니라 새로운 발전 시스템을 이용해 추진력을 얻고 있었다.

연료 교체를 할 때 위험부담이 큰 핵 추진이 아니라 천하에너지에서 개발한 핵융합 발전기를 갖추고 있는데, 이 발전기의 힘은 바로 전기모터로 전달이 되어 추진을 하고, 무려 말 20만 마리가 끄는 힘에 버금갔다.

그런 강력한 모터의 힘으로 추진을 하다 보니 해모수함의 속력은 기존의 군함들보다 배는 빠른 속도를 가지고 있었다.

순항속도는 28노트이고, 최고 속도는 무려 65노트에 육박했다.

알려진 무장만 해도 키로프 급과 비슷하니, 얼마나 대단한 군함인지 알 수 있는 일면이었다.

그렇게 감히 범접하지 못할 화력과 기동성을 갖춘 해모수함은 그 이름만큼이나 감지 체계도 기존의 이지스 시스템을 능가하는 천리안 시스템을 가지고 있었다.

원래 이름은 인드라 시스템이었는데, 인드라라는 이름이 인도 베다 신화에 나오는 비와 천둥의 신으로, 불교에서는 제석천이라고도 불리며 천수천안을 가진 보살로 묘사되고 있었다.

이것을 연구원들이 모든 것을 들여다본다 하여 천리안이라는 별칭으로 부르던 것이 입에 붙는다 하여 인드라에서 천리안으로 이름을 바꾼 것이다.

기존 이지스 시스템이 감지 거리인 1,000㎞에서 목표물 200개를 동시에 추적을 하여 그중 24개를 동시에 격추할 수 있는 것에 비해 천리안 시스템은 감지 거리만 3,000㎞에 이르며 위성과 연동해서는 그 이상도 가능했다. 뿐만 아니라 동시에 1,000개 이상의 목표물을 동시 추적을 할 수 있으며, 격추시킬 수도 있었다.

그런 것이 가능한 이유는 천리안 시스템에는 인공지능이 들어가 있기 때문이었다.

방어와 공격을 효과적으로 하기 위해 사람의 능력만으로는 불가능하다 판단한 수한은 전투, 방호 시스템에 연구하던 인공지능을 결합해 가장 완벽한 전투 시스템을 완성하였다.

또 천리안이 이렇게 넓은 감지 거리를 가지게 된 것은 다름 아닌 드론 때문이다.

무인 항공기인 드론을 띄워 넓은 범위를 감시하다 보니 감지 거리가 넓어진 것이다.

먼 거리에서 먼저 보고 먼저 공격을 한다면 그 누가 해모수를 막아낼 것인가.

물론 해모수함에도 약점은 있었다.

그것은 바로 막대한 건조 비용이었다.

이지스 구축함인 세종대왕함이 1조 1,000억 원으로 10억 달러인 데 비해 해모수함은 그것의 세 배인 30억 달러나 되었다.

항간에는 이 때문에 해모수급 순양함을 한 척 건조하는

것보단 세종대왕급 이지스 구축함을 세 척 건조하는 것이 더 경제적이라는 말도 나오는 실정이었다.

하지만 그것은 대한민국 해군의 사정을 알지 못하기에 하는 소리였다.

군함이라는 것은 덜컹 만들어낸다고 바로 운용이 가능한 게 아니었다.

군함을 운용하기 위해선 승조원이 필요한데, 대한민국에선 군함을 운용할 승조원이 부족할뿐더러 함선을 세 척이나 건조하는 시간도 문제였다.

말만 하면 뚝딱 만들어지는 물건이 아닌 것이다.

그러니 대한민국 해군의 능력으로도 강력한 함선 한 척이 있는 것이 조금 약한 세 척의 군함이 있는 것보단 나았다.

나중에야 상황이 어떻게 바뀔지는 모르겠지만, 어찌 되었든 현재로서는 강력한 군함이 취역을 하는 것이 주변국과의 해군력 경쟁에서 빠르게 전력을 비슷하게 만들 수 있는 길인 것이다.

아무튼 대한민국 최초이자 세계에서 그 경쟁자를 찾기 힘들 강력한 군함이 바로 해모수함이었다.

"여기 계셨습니까?"

강감찬 제독은 해모수함의 순찰을 돌다 함선 선미에 장치되어 있는 물건의 콘솔 박스를 살피고 있는 수한을 보고 물었다.

해모수함을 설계하고, 또 모든 시스템을 완성시킨 사람이 바로 수한이었다.

그에 대해 사전에 미리 정보를 들은 강감찬은 당연히 경이의 눈으로 수한을 바라볼 수밖에 없었다.

자신보다 20살이나 어린 청년이 이런 엄청난 것을 만들었다는 것에 놀라지 않을 수가 없는 것이다.

현재 대한민국 군대에서 사용하는 첨단 무기에는 모두 그의 손이 거쳤다는 말을 들었을 때는 경이를 넘어 경악할 정도였다.

사실 얼마 전까지만 해도 강감찬 제독은 해군 최고의 군함이던 세종대왕함의 함장이었다.

때문에 각종 작전은 물론이고, 예전 천하 디펜스에서 만든 요격미사일 실험에도 참여를 했는데, 그 당시 그는 세종대왕함에서 사용하던 미국의 SM—3 미사일보다 요격 능력이 월등한 요격미사일의 성능에 감탄을 했다.

미국의 것보다 저렴하면서도 명중률이 높은 명품 요격미사일이 한국에서 개발되었다는 것에 무척이나 기뻐했다.

막말로 대한민국 해군에게 가장 강력한 라이벌은 누가 뭐라고 해도 일본 해군이었다.

예전 자위대 때부터 비교 대상이던 일본 해군의 전력은 안타깝게도 한국 해군보다 월등했다.

해군의 강력한 전력인 이지스 구축함의 숫자에서부터 4:8로 상대가 되지 않았다. 그뿐만 아니라 지원함에서도 차이가 있었는데, 객관적으로 한국 해군과 일본 해군의 전력 차는 1:3이라는 결과가 나와 비교를 할 수 없을 정도였다.

그러던 차에 보다 명중률이 높은 요격미사일의 보급은 한국 해군에게 암흑 속에 한 줄기 빛이나 다름없었다.

미사일이라는 것이 발사를 한다고 해서 모두 명중되는 것은 아니었다.

그렇기 때문에 방공 구축함에 함선을 공격하는 대함 미사일보다 미사일을 요격하는 요격미사일의 숫자가 많은 것이다.

보다 많은 숫자의 미사일을 발사해 날아오는 미사일을 막아내는 개념이고, 또 요격미사일이 요격에 실패했을 때에는 근접 방어 무기인 골키퍼나 팔랑스와 같은 기관포를 발사해 탄막을 형성해 함선을 방어했다.

그런데 명중률이 훨씬 개선된 요격미사일이 개발되었으

니 한국 해군에게 얼마나 다행한 일인가. 전력에서 열세였지만 방어 능력이 향상되었으니, 얼추 1:2까지 따라붙은 셈이었다.

그런 가운데 비교 불가의 강력한 무기인 해모수가 개발되었으니, 강감찬뿐 아니라 해군의 지휘관 그 누구도 신형 순양함에 눈독을 들이지 않을 수 없었다.

그 가운데 대한민국 1호 순양함인 해모수함의 함장으로 강감찬이 선택되었고, 그 상징성으로 인해 강감찬은 대령에서 제독으로 진급을 하게 되었다.

물론 강감찬이 진급을 할 때도 되었기에 무난하게 진급 심사가 통과가 되었다.

사실 그동안 해군에 있는 제독은 모두 현장 지휘관이 아닌 작전 참모들이었다.

강감찬은 오래전부터 성웅 이순신처럼 전역하는 날까지 해군 함장으로 남고 싶어 했다.

그러나 진급을 하게 되면 현역 함장의 자리에서 물러나야만 하는데, 이지스 구축함인 세종대왕함을 능가하는 해모수급 순양함이 취역하면서 새롭게 제독이란 직위와 함께 현역에서 군함을 지휘할 수 있게 되었다.

그 모든 것이 지금 자신의 눈앞에 있는 수한이 해모수를 개발했기 때문이라 생각하는 강감찬으로서는 수한을 경외하지 않을 수가 없었다.

아무튼 강감찬 제독이 그렇게 수한에게 감사하게 생각하고 있을 때, 수한은 자신이 설계한 해모수함의 상태를 점검하고 있었다.

자신이 생각한 대로 해모수함이 제대로 작동을 하고 있는지 살피는 것이다.

그리고 지금까지는 이상 없이 작동을 하고 있었다.

해모수함에서 가장 중요한 인공지능(해모수)도 정상적으로 작동을 하고 있으며, 함체에 연결된 무장들을 잘 통제하고 있었다. 또 함체를 움직이는 모터도 수시로 체크를 하며 승조원에게 보고를 하고 있었다.

지금 수한이 점검하고 있는 것은 아직 외부에 공개하지 않고 있는 해모수함의 비밀 무기로, 아직까지는 미국만이 보유하고 있는 레일건이었다.

레일건은 미국의 최신형 구축함인 줌왈트 급에만 장착되어 있는 무기 체계로, 미사일의 발달로 사장되었던 함포의 부활을 새로이 알린 무기였다.

레일 위로 강력한 전류를 흘려보내 그 반발력을 이용해 마하 5 이상의 속도로 날아가는데, 미사일과 다르게 레일건의 탄두는 중간에서 요격을 할 수가 없었다.

더욱이 레일건은 미사일에 비해 크기도 작고, 또 비용도 발사에 필요한 전력 외에는 들어가지 않기에 무척이나 경제적이었다.

그런 이유 때문에 레일건을 연구하는 국가는 많지만, 현재 지구상에 레일건을 함포로 실용화 한 나라는 미국뿐이었다.

그런데 수한은 차세대 발전기를 개발하면서 레일건도 미래 구상에 넣어두었었다.

그리고 레일건을 대한민국 해군의 무기 체계로 일본보다 빠르게 집어넣었다.

이미 오래전 레일건에 대한 연구를 끝내놓은 수한은 한국 해군이 신형 함선 건조 계획을 의뢰하자 그 계획에 뛰어들어 이를 완성시켰다.

사실 해군은 지금의 해모수가 아닌 러시아의 키로프 급을 생각하고 의뢰를 했었다.

그런데 수한은 그보다 한 걸음 더 나아갔다.

러시아의 키로프 급 순양함에 미국의 줌왈트 구축함에 들어간 레일건을 접목시켜서 해모수를 완성시킨 것이다.

해모수가 완성된 모습을 확인한 한국 해군의 지휘관들은

경악을 금치 못했다.

정말로 상상 속에나 생각해 봤던 군함이 자신들의 눈앞에 떡하니 나타났으니, 놀라지 않을 수가 없었다.

자신들의 예상보다 더 강력한 무기가 수중에 들어오자 해군 관계자들은 걱정이 앞섰다.

아직까지 대한민국은 자신이 가진 것을 지킬 힘이 부족했다.

그나마 다행이라면 지킬 힘이 부족하기는 하지만, 그렇다고 속수무책으로 빼앗길 정도로 힘이 없지도 않았다.

아무튼 해모수가 처음 등장했을 때, 많은 사람들은 기대와 걱정을 동시에 느꼈다.

쿠르르르, 쿠르르릉!

메마른 사막을 엄청난 규모의 군대가 먼지구름을 형성하며 맹렬히 달리고 있었다.

이라크 남부 사프완을 지나 쿠웨이트 국경 인근의 사막을 달리는 이들의 정체는 바로 수니파 과격 무장 단체인 IS의 기갑군단이었다.

GREAT
그레이트 코리아
KOREA

비록 구형이기는 하지만 러시아의 T—72 전차 3,000 대와 보병 전투 차량인 BMP—2, 3로 구성된 차량 1,500대가 그 뒤를 따르고 있었다.

IS에서는 이번 쿠웨이트 침공전에 사활을 걸었다.

그런 이유로 대규모 병력을 동원하는 일은 당연하다고 볼 수 있었다.

그런데 이상한 것은 이렇게 대규모 병력을 운용하는데도 미국과 동맹군에게 그 소식이 알려지지 않았다는 것이다.

전차 3,000대와 보병 전투 차량 1,500대는 결코 작은 규모가 아니었기 때문이다.

3,000대의 전차도 대단하지만 보병을 실어 나르는 보병 전투 차량이 1,500대라는 것은 이야기가 달랐다.

그 안에 타고 있는 보병만 15,000명이란 소리였으니까.

보병이 15,000명이나 동원이 되었다는 것은 한마디로 쿠웨이트를 침공하는 것에 그치지 않고 아예 점령하겠다는 말이었다.

이런 정도의 작전을 펼치는데 세계에서 가장 정보 조직을 많이 가지고 있는 미국이 알아차리지 못했다는 것은 어딘가 이상이 있다는 뜻이었다.

하지만 십여 년간 미국, 그리고 미국의 동맹국과 전쟁을 벌이고 있는 IS도 첩보 기관들의 시선을 피하기 위해 많은 첩보 기술이 발전한 상황.

각국 첩보원들의 시선을 돌리기 위해 IS는 이라크의 수도 바그다드 북쪽에 있는 바쿠바를 총공격을 한다는 거짓 정보를 흘렸다.

아니, 100% 거짓은 아니고, 위장 공격을 했다.

그렇게 미국과 동맹국의 시선을 바쿠바로 몰리게 한 뒤, 정작 자신들의 주력은 쿠웨이트를 점령을 하려는 것이었다.

그러기 위해 IS는 주력인 아부살만의 1기갑군 병력을 이라크와 이란의 국경을 넘나들며 이동하여 쿠웨이트 국경까지 온 것이었다.

사령관인 아부살만은 부대의 최선두에서 달리며 숨을 크게 들이마셨다.

앞으로 한 시간 뒤면 진한 화약 내음을 맡을 수 있겠다는 생각에 심장이 세차게 뛰기 시작했다.

두근! 두근!

쿠르르릉!

그의 심장 소리와 맞물려 전차의 궤도가 굴러가는 소리는 묘한 흥분감을 느끼게 해주었다.

사실 아부살만에게 전쟁은 피비린내 나는 잔혹한 현실이

아닌, 게임에 불과했다.

전장의 포연 속에서 사람들이 죽어가면서 내는 신음 소리와 공포에 젖어 내지르는 비명은 그가 살아 있다는 것을 깨우쳐 주는 자명종과도 같은 것이었다.

본부에서 그는 IS의 칼리프 압둘라에게 복수를 맹세했지만, 정작 그의 내심은 전쟁의 포화 속에서 울려 퍼지는 약자들의 비명 소리가 듣고 싶은 것뿐이었다.

그것이 적의 병사가 되었든, 아니면 자신의 수하가 되었든 상관이 없었다.

그리고 그것이 민간인이라면 더욱 좋았다.

공포에 젖은 약자의 비명은 아부살만에게 아름다운 미녀의 육체를 안는 것보다 더 큰 쾌감을 주었기 때문이다.

이제 한 시간 뒤면 만끽할 환희를 위해 아부살만은 긴장을 고조시켰다.

사막의 먼지 섞인 공기를 마시면서도 그의 코는 전장의 화약 내음과 그 안에 찢긴 약자의 피비린내를 느끼는 듯하였다.

"속도를 더 내라! 목표가 앞이다."

아부살만은 무전기에 대고 진군 속도를 더 높이라는 명령을 하였다.

사령관의 명령 때문인지, 그의 부대는 급속히 진군의 속도를 높였다.

쾅! 콰광! 타타타탕!

쿠웨이트의 국경을 넘은 IS의 군대는 쿠웨이트 북부 아부다이를 지체 없이 공격했다.

기습 공격을 받은 쿠웨이트 군은 현재 정신을 차릴 수가 없었다.

아무런 연락도 받지 못한 국경 수비대는 IS의 공격에 속수무책으로 쓰러지며 국경을 뚫리고 말았다.

"진격하라! 바로 쿠웨이트를 점령한다!"

국경을 통과한 IS의 기갑군은 사령관인 아부살만의 명령에 신속하게 쿠웨이트 시티로 진격을 하기 시작했다.

국경도시인 아부다이에서 수도인 쿠웨이트 시티까지는 두 시간도 채 되지 않는 거리에 있었다.

그렇기 때문에 아부살만은 중간에 거치적거리는 것은 모두 무시하고 수도인 쿠웨이트 시티로 진격을 했다.

쿠웨이트 시티만 점령을 하면 사실상 전쟁은 끝나는 것이다.

쿠웨이트 시티를 완벽하게 장악한 다음, 미국과 동맹국의

GREAT
그레이트 코리아
KOREA

군대를 막는 것은 그 후의 문제였다.

하지만 아부살만은 걱정하지 않았다. 쿠웨이트 시티를 점령해 쿠웨이트 왕실 가족들을 장악한다면 미국이나 동맹국은 자신을 공격할 수 없을 것이기 때문이다.

뭐, 그래도 공격을 한다면 쿠웨이트에 있는 유전 시설을 모두 파괴해 버리면 그 모든 비난은 자신들이 아닌 미국과 동맹국이 떠안게 될 것이니, 그것도 좋았다.

어차피 IS에게는 잃을 것이 없는 전쟁이었기에 과감하게 쿠웨이트로 진격을 하는 것이었다.

한편, 의문의 군대가 이라크 국경을 넘어 공격을 했다는 소식이 전해지자 쿠웨이트 의회는 난리가 났다.

20세기 말, 이라크의 독재자가 쿠웨이트를 점령하기 위해 군대를 일으킨 이후 또다시 침공을 받은 것이다.

그때만큼의 충격은 아니라지만, 그래도 아직 국경을 침범한 적의 정체를 알 수가 없어 혼란은 가중되었다.

이라크의 독재자가 미국에 의해 제거된 뒤로 쿠웨이트는 그동안 안심을 하였는데, 또다시 이라크 쪽 국경이 뚫리자 의회는 발 빠르게 미국에 구원 요청을 하였다.

하지만 쿠웨이트의 구원 요청에도 미국은 그들을 도울 수가 없었다.

미국은 대규모 병력이 쿠웨이트 국경 지대에 나타나자 곧바로 지원을 보내려 했지만, 현재 IS가 이라크의 바쿠바를 공격한다는 정보로 인해 전 병력을 동원한 상황이었다.

그랬기에 현재 쿠웨이트로 파견을 보낼 병력이 부족했다.

적은 병력을 보내봐야 적을 막아낼 수 없다는 것을 알기에 선뜻 구원군을 보낸다는 말을 할 수가 없는 것이었다.

의회도 의회지만 쿠웨이트 왕실도 난리가 난 것은 마찬가지였다.

더욱이 미국에 구원 요청을 하였지만 현재 상태로는 어쩔 도리가 없다는 답변을 들었기에 왕실은 일단 사우디로 피신을 하기로 결정을 하고 짐을 꾸리고 있었다.

"도대체 국방부 장관은 뭘 하고 있었단 말인가!"

쿠웨이트의 국왕, 사드 압둘 아살람 아살바는 수행원들이 짐을 꾸리는 것을 지켜보며 고함을 질렀다.

이미 오래전부터 IS가 쿠웨이트를 침공할지도 모른다는 정보를 들어왔다.

그 때문에 유명한 PMC에 왕실 보호를 위해 대규모 의뢰까지 하지 않았는가.

의뢰를 맡은 PMC에서 오고 있다는 연락은 받았지만, 그들은 아직 도착하지 않았다.

정확히 여섯 시간 후에나 이곳 쿠웨이트 항에 도착을 한다고 했다.

그런데 현재 상태로는 여섯 시간 뒤면 IS에게 점령을 당한 뒤가 될 것이다.

"제길, 조금만 더 일찍 의뢰를 하였더라면……."

사드 국왕은 자신이 IS의 쿠웨이트 침공 가능성에 대한 정보를 들었을 때, 아니, 그 뒤에라도 조금만 더 일찍 의뢰를 했다면 이런 참담한 경험을 하지는 않았을 것이란 생각에 탁자를 세게 내려쳤다.

쾅!

갑작스런 소란에 짐을 챙기던 수행원들이 잠시 움찔하기는 하였지만, 곧 아무런 일도 없었다는 듯 다시 자신의 일을 하기 시작하였다.

"사메드! 사메드!"

사드 국왕은 국방부 장관인 자신의 동생, 사메드 왕자를 불렀다.

"예, 부르셨습니까?"

자신을 부르는 소리에 사메드 왕자는 얼른 달려왔다.

"지킴이 PMC에게 현재 이곳 상태를 알리고 그들에게 담맘으로 오라고 해라."

사드 국왕은 현재 쿠웨이트의 형편으로는 IS의 대규모 병력을 막을 수가 없다고 판단을 내렸다.

그러고는 지킴이 PMC에게 사우디의 담맘 항으로 올 것을 지시하였다.

"그들을 담맘으로 부르라는 말씀이십니까?"

"그래. 사우디 왕실에는 내가 연락을 하여 협조를 구할 것이니, 넌 그렇게만 전해."

"알겠습니다."

사메드 왕자는 형이자 국왕인 사드 국왕의 지시에 얼른 무선 통신실로 뛰어갔다.

이곳 왕궁에도 외부와 통하는 통신 시설이 있기 때문이었다.

쿠웨이트에서 전쟁이 난 줄도 모른 채 지킴이 PMC와 그들을 태운 해군의 1기동 전단은 순조롭게 페르시아 만을

유영하고 있었다.

"제독님!"

"뭔가?"

해모수함의 함장인 강감찬 제독은 자신을 부르는 무전병의 부름에 시선을 돌려 물었다.

"본국으로부터 전문입니다."

"전문?"

본국으로부터 전문이라는 말에 강감찬 제독은 고개를 갸웃거렸다.

그도 그럴 것이, 기동 전단은 순조롭게 운항을 하고 있기에 정해진 시간이 아니면 본국과 무전을 주고받을 일이 없었다.

그런데 전문이 정해진 시간에 날아온 것이 아니라는 말은 뭔가 문제가 발생했다는 말이었다.

'해적이 또 나타난 것인가?'

강감찬은 아프리카 소말리아의 해적들이 또다시 나타나 상선을 납치한 것은 아닌가 하는 생각을 하였다.

궁금해 하며 강감찬 제독은 무전병이 전해 준 전문을 읽기 시작하였다.

그런데 전문에는 자신이 예상한 것과 다른, 엄청난 내용이 들어 있었다.

[IS, 쿠웨이트 침공]

전문의 내용은 무척이나 간단하였다.

IS가 쿠웨이트를 침공했다는, 아주 간단한 내용이지만, 그것이 가진 파장은 결코 간단하지 않았다.

현재 자신의 함에 타고 있는 지킴이 PMC들이 향하는 목적지가 바로 쿠웨이트였기 때문이다.

쿠웨이트 도착까지 이제 겨우 세 시간이 남았는데 전쟁이 발발했다는 것은 그들을 정상적으로 하선을 시킬 수 없다는 소리였다.

그리고 자칫 잘못하다가는 자신의 함대도 전쟁의 여파에 휩쓸릴 수 있었다.

현재 제1기동 전단은 IS와의 전쟁에 포함되지 않은 전력이었다.

때문에 제1기동 전단이 전쟁에 휩쓸리게 되면 그 전비는 대한민국 혼자 고스란히 책임을 져야 한다는 소리였다.

남의 나라의 전쟁에 끼어들어 쓸데없이 국고를 낭비할 수는 없는 일이었다.

강감찬 제독은 심각한 고민에 빠졌다.

동맹국에 전쟁이 터졌다는 것을 알면서 모른 척 외면할 수도, 그렇다고 전쟁에 참여할 수도 없는, 정말로 진퇴양난의 상황에 빠지고 말았다.

"제독님!"

한참 고민을 하고 있던 강감찬에게 부함장인 최영찬 대령이 다가와 그를 불렀다.

"무슨 일인가?"

자신을 부르는 최영찬 부함장의 말에 무슨 일인지 물었다.

되묻는 강감찬의 말에 최영찬은 조금 전 수한에게서 받은 부탁을 전해 주었다.

"저, 정수한 박사가 잠시 할 말이 있다고 합니다."

난데없는 소리에 강감찬은 고개를 갸웃거렸다.

"아, 어디 있나?"

"지금 밖에 와 있습니다."

강감찬은 고개를 끄덕이며 밖으로 나갔다.

덜컹!

실내와 외부가 밀폐되는 함선의 특성상 문을 닫았다고 해도 고무 파킹 부분으로 인해 그리 큰 소리는 나지 않았다.

하지만 그 특유의 소리만큼은 여전했다.

문이 닫히는 소리를 뒤로하고 복도로 나간 강감찬 제독의 눈에 뭔가 고심을 하고 있는 수한의 모습이 보였다.

'무슨 생각을 하고 있는 것이지? 쿠웨이트에서 전쟁이 발발했다는 정보를 들었나?'

수한이 고민하는 모습에 강감찬은 조금 전 해군본부로부터 전해진 전문이 떠올랐다.

이 배에 타고 있는 지킴이 PMC의 목적지가 쿠웨이트이며, 수한 또한 지킴이 PMC의 부대 건설에 추가할 장비가 있어 함께한다는 이야기를 들었기에 혹시 자신이 받은 전문처럼 수한도 쿠웨이트에 전쟁이 난 사실을 알고 있는지 궁금해졌다.

〈『그레이트 코리아』 제11권에서 계속〉